안네의 일기

The Diary of
Anne Frank

안네 프랑크 (1929~1945 Annelies Marie Frank)

독일의 유태인 가정에서 태어나, 은행가인 아버지 밑에서 유복한 어린 시절을 보낸다. 히틀러의 유태인 탄압 때문에 안네의 가족은 네덜란드의 암스테르담으로 피신한다. 1940년 독일군이 네덜란드를 점령하자 안네는 학교에서 쫓겨나 유태인 학교에 다니게 된다. 안네의 일기는 1942년 6월에 시작하여 1944년 8월 1일로 끝난다. 이 책은 제2차 세계대전이 끝나고 가족 가운데 유일하게 살아남은 아버지 오토 프랑크가 〈어린 소녀의 일기〉라는 제목으로 처음 출판하였다.

안네의 일기

초판 3쇄 인쇄 2010년 8월 15일
초판 3쇄 발행 2010년 8월 20일

지은이 안네 프랑크
옮긴이 이화승
발행인 고미순
총괄책임 이원준
출판기획 강승주
영업기획 이국호, 김금회
책임편집 권민정, 조담회, 김지영
디자인 문주회
발행처 반석출판사
주소 서울시 강서구 염창동 240-21 우림블루나인 비즈니스센터 B동 904호
등록번호 제9-33호
전화 02) 2093-3399 팩스 02) 2093-3393
홈페이지 http://www.bansok.co.kr
이메일 bansok@bansok.co.kr

ISBN 978-89-7172-468-2 03840
정가 5,000원

안네의 일기

The Diary of
Anne Frank

안네 프랑크 지음
이화승 옮김

Bansok

외모와 이성에 관심이 많은 소녀 안네는 쾌활한 성격의 소유자로 부유한 유태인 가정에서 둘째딸로 태어났다. 우등생인데다가 얌전하여 어른에게 늘 칭찬을 받는 언니 마르호트와 비교되는 것에 불만을 가진 안네는, 아빠가 열세 살 때 생일선물로 준 일기장에 '키티'라는 이름을 붙이고 친한 친구를 대하듯 자신의 속마음을 털어놓는다.

제2차 세계대전이 한창이던 이 시기, 독일의 유태인 탄압이 극심해지면서 온 가족이 아버지의 회사 건물 꼭대기에 있는 은신처로 들어간다. 이렇게 해서 안네를 포함한 네 식구 외에도 판 단 씨 가족 3명과 치과의사 뒤셀 씨 등 8명의 '은신처' 생활이 시작된다.

<안네의 일기>는 주로 은신처에서 벌어진 생활을 다루고 있다. 또한 라디오를 통해 시시각각으로 변하는 전쟁의 양상도 일기에 자세히 묘사되어 있다. 이들은 간간이 듣는 외부의 이야기 때문에 울고 웃는데, 이런 모습을 통해 전쟁이 인간을 얼마나 피폐하게 만드는지 잘 보여주고 있다.

<안네의 일기>의 후반부에서는 안네가 개인으로 성숙해가는 모습이 엿보이는데, 1944년 8월 1일을 끝으로 일기가 끝난다. 1944년 8월 4일, 독일경찰에 은신처가 발각되어 8명은 모두 아우슈비츠로 끌려간다. 은신

처의 8명은 안네의 아버지만 빼고 모두 수용소에서 사
망하고 말았다. 안네와 마르호트는 1945년 3월에 베르
겐-벨젠 수용소에서 기아와 티프스로 죽었다.

1944년 8월 4일 독일경찰이 은신처를 덮쳤을 때, 그
녀의 일기는 그전부터 그녀 가족을 도와줬던 미프와 베
프에 의해 보존되었고, 일기는 독일 패망 후, 그녀의 아
버지인 오토 프랑크에게 전달되었다. 1947년 마침내
<안네의 일기>가 네덜란드어로 출간되어, 불의의 폭
력으로부터 자유와 희망을 지키는 상징으로 세계인들
에게 희망을 던져주었다.

안네 프랑크(1929~1945) 호기심이 많고 솔직한 소녀. 차분한 언니 마르호트와 성격이 달라 부모님에게 걱정을 끼치는 일이 많다. 공부는 잘하지 못하지만 남자친구나 어른들의 대화에 관심이 많다. 본래 명랑하고 쾌활한 성격을 가졌기 때문에 조용히 지내야 하는 은신처에서 말썽을 일으키기도 한다. 안네는 나이에 비해 어른스럽고 생각이 깊은 편이라 어른으로 대접받기를 원한다.

마르호트 프랑크(1926~1945) 안네의 언니. 차분한 성격이라 부모님에게 칭찬을 받는 편이고, 동생 안네를 귀여워한다. 역시 독서를 좋아한다.

안네의 아버지(오토 프랑크 1889~1980) 겸손하고 균형 잡힌 사고방식의 소유자. 믿음직한 남편이자 아버지. 분쟁을 싫어하는 신사적인 사람으로 안네에겐 정신적 지주다.

안네의 어머니(에디트 프랑크 1900~1945) 자상한 편이지만 엄격하다. 판 단 씨 부부와 의견 충돌로 자주 언쟁을 벌인다. 안네와 점점 사이가 벌어지고 결국 일기가 끝날 때까지 화해를 하지 못한다.

페터(페터 판 펠스 1926~1945) 판 단 부부의 아들. 16세 소년으로 내성적인 편이다. 말수가 적어서 존재감이 약하다. 폐쇄적인 은신처에서 안네와 사랑을 나누게 된다. 은신처에서 안네 곁에 있는 유일한 이성이다.

판 단 씨(헤르만 판 펠스 1898~1944) 자기 의견만 옳다고 믿는 독선적이며 다혈질적인 성격이다. 자기 생각을 마음 속에 담아두지 못하여 조용히 지내야 하는 은신처에서 특히나 분쟁의 소지를 만든다. 판 단은 가명.

판 단 부인(아우구스테 판 펠스 1900~1945) 말이 많고 험담을 좋아하여 분쟁을 일으킨다. 안네 모녀와 자주 충돌한다.

뒤셀 씨(프리츠 페퍼 1889~1944) 은신처에 나중에 합류한 유태인 치과 의사. 이기주의적이라 안네는 그를 몹시 싫어한다. 알버트 뒤셀이라는 가명을 사용함.

미프(미프 히스 1909~ 여성) 오스트리아 출신 네덜란드 시민으로서 안네 가족을 뒤에서 도와줌. 안네 가족의 체포 이후 일기장을 보관했다가 전쟁 후 오토 프랑크에게 전달해줌. 현재 98세로 생존.

베프(엘리자베스 베프 1919~1983 여성) 암스테르담 출신. 1937~1942년까지 오토 프랑크의 비서 일을 했음. 나중에 유명해졌으나 언론에 노출되길 꺼렸음. 오토 프랑크와는 계속 연락함.

목 차

3부

1944

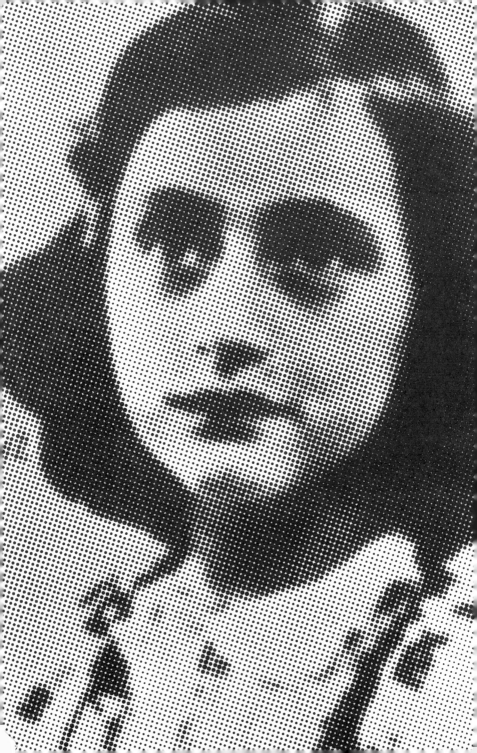

1부

1942년 6월 ~ 12월

내 일기장이 친구가 되었으면 좋겠어.
앞으로 이 일기장을 키티라고 부를 거야.

-1942년 6월 20일-

1942년 6월 14일 일요일

6월 12일 금요일은 아침 6시에 눈을 떴어. 내 생일이었거든. 실은 그렇게 일찍 일어나면 안 되었기 때문에 6시 45분까지 침대에서 나오지 않고 그냥 누워 있었어. 그러다가 더는 못 참고 식당으로 갔지. 고양이 모르체가 다리에 몸을 부비면서 반갑게 맞아주더라.

7시가 조금 넘어서 아빠와 엄마에게 아침인사를 드리고, 거실로 가서 선물을 열어 봤어. 처음 발견한 게 바로 너였는데, 아마도 내가 받은 최고의 선물이지 싶어. 꽃과 화분도 받았어. 아빠와 엄마는 파란 블라우스와 장난감, 와인 맛이 살짝 나는 포도주스를 주셨지. 퍼즐놀이, 얼굴에 바르는 크림, 약간의 돈과 책 두 권을 살 수 있는 상품권도 주셨어. 거기다가 다른 책 한 권 더 있었고, 집에서

구운 비스킷(내가 직접 만든 것!)이랑 사탕 한 아름이랑 딸기파이
도 있었지. 할머니께서 보내신 편지도 있었어.

그때 내 친구 한넬리가 부르러 와서 함께 학교에 갔어. 쉬는 시
간에 선생님과 친구들과 비스킷을 나눠 먹었지. 우리 반 아이들과
체육관에 가느라고 5시가 되어서야 집에 돌아왔어.

난 어깨와 엉덩이에 문제가 있어서 운동은 못하지만 그래도 가
긴 가야 했거든. 오늘이 내 생일이니까 자기들이 어떤 경기를 할지
나보고 결정하라고 해서 배구를 선택했지. 경기가 끝난 다음에 다
들 나를 둘러싸고 춤을 추면서 "생일 축하합니다!" 노래도 불러주
었어.

집에 돌아와 보니 산네 레데르만이 벌써 와 있었어. 일세 바그
너, 하넬리 호슬라르, 자클린 판 마르센은 체육관에서부터 나하고
같이 왔지. 우리는 모두가 같은 반이야. 하넬리와 산네는 예전에
나하고 가장 가까운 친구였어. 우리가 함께 다니면 사람들이 "저
기 안네, 한네, 산네가 간다."고 말하곤 했지. 유태인 중학교에서 유
일하게 자클린 판 마르센을 알게 된 다음에는 그 애가 가장 친한
친구가 되었어. 일세는 하넬리와 가장 친하고 산네는 다른 학교에
다녀서 거기 친구들을 많이 알아. 「네덜란드의 영웅담과 전설」이
라는 예쁜 책도 선물로 받았어.

1942년 6월 15일 월요일

일요일 오후엔 내 생일 파티를 가졌어. 린틴틴이 나오는 <등대 지기>라는 영화를 보여줬더니 학교친구들이 무척 좋아했어. 정말 재미있는 시간이었어. 여자애들과 남자애들이 많이 와줬지.

엄마는 늘 내가 누구와 결혼할 건지 궁금해 하셔. 그게 바로 페터 베젤인 줄은 꿈에도 모르실거야. 어느 날엔가 난 얼굴을 붉히지도 눈썹도 깜박이지 않고 엄마가 그런 생각을 못하게끔 해냈어.

몇 년동안 리스 구센하고 산네 하우트만이 가장 친한 친구들이었지. 근데 유태인 중학교에 와서 요피 드발을 알게 되었어. 우리는 오래 같이 있었고 이젠 그 애가 가장 친한 친구가 되었어. 리스는 다른 여자애들과 더 친해졌고 산네는 다른 학교로 전학 가서 새 친구들을 만들었어.

1942년 6월 20일 토요일

사랑스러운 키티!

한동안 아무것도 쓰지 않았어. 내 일기에 무엇을 쓸지를 생각해 보고 싶었거든. 일기를 쓴다는 건 나에게 색다른 경험이야. 그렇다고 전에 글을 써본 적이 없어서 그런 건 아니야. 나중에 그냥 열세 살짜리 여자애의 생각 따위에는 아무도 관심을 갖지 않을 거라는 생각이 들었어. 음, 물론 그게 중요한 건 아니지. 글을 써서, 가슴

속에 담긴 많은 얘기를 털어놓고 싶어.

진정한 친구가 생기기 전까지는 내 일기를 어느 누구한테도 절대 보여주지 않을 거야. 하지만 아직은 진정한 친구가 없어. 그래서 일단 일기장을 친구삼아 글을 쓰고 싶었던 거지.

열세 살짜리 여자애가 이 세상에서 완전히 혼자라고는 아무도 생각하지 않을 거야. 사실을 말하자면 나도 혼자는 아니지. 사랑하는 부모님과 열여섯 살인 언니에다, 친구라 부를 수 있는 사람도 서른 명 정도 있어. 남자친구도 많고 좋은 이모, 고모에다 좋은 가정도 있어. 그러고 보면 진정한 친구만 하나만 빼고 모든 걸 가진 셈이지. 친구들과 같이 있을 때면 재미있게 지낼 생각만 해. 내가 친구들과 하는 이야기는 이것저것 가리지 않지만 평범하고 일상적인 것뿐이야. 비밀을 털어놓지는 않아. 그게 문제고, 그래서 일기를 쓰기 시작한 거지.

난 다른 사람들처럼 일기장에 그냥 사실만 기록하지는 않을 생각이야. 내 일기장이 친구가 되었으면 좋겠어. 앞으로 이 일기장을 키티라고 부를 거야. 나를 모르면 내가 키티한테 하는 말을 이해하지 못할 테니까, 지금부터 나에 대해 간단히 알려줄게.

아빠는 서른여섯에 엄마와 결혼하셨어. 엄마는 스물다섯이셨지. 마르호트 언니는 1926년 독일 프랑크푸르트 암마인에서 태어났어. 난 1929년 6월 12일에 태어나서 네 살 때까지 프랑크푸르트에서 살았어. 1933년 9월에 네덜란드 오펙타 회사의 사장으로 부임하면서 아빠가 네덜란드로 가셨어. 엄마는 아빠를 따라가시고, 언니와 나는 아헨에 있는 할머니 댁으로 갔지. 12월에 언니가 네덜란드로 가자, 난 다음 해 2월에 언니를 뒤따라가서 곧바로 몬테소리 유치원에 다니다가 거기 몬테소리 계열의 초등학교를 6학년까지 다녔어. 그러고 나서 1941년에 집을 옮겨서 언니가 다니는 유태인 중학교를 다니기 시작했어.

우리가 유태인이기 때문에 아빠가 우리 식구를 전부 네덜란드로 불러들이신 거지. 여기는 안전하지만, 독일에 있는 친척들이 많이 걱정됐지. 히틀러의 반유태인 법으로 고생이 말이 아니었거든. 1938년 들어 유태인에 대한 핍박이 심해지면서 외삼촌 두 분은 미국으로 피신하셨어. 그때 연세가 일흔셋이나 되셨던 할머니께서는 우리 집으로 오셔서, 지금까지 같이 지내고 계시지.

1940년 5월을 넘기면서, 네덜란드에서 꾸려가던 우리의 생활도 변했어. 우선 네덜란드가 독일과 싸우다가 항복하고 말았거든. 그 뒤로 곧 독일군이 들어왔는데, 그때부터 우리 처지가 곤란해지기 시작했지. 줄줄이 공포된 반유태인 법률이 우리의 자유를 하나하나 빼앗기 시작했거든. 유태인들은 반드시 가슴에 노란별(다윗의 별)을 달아야 하고, 전차를 타거나 차를 운전하고 다닐 수도 없어. 자기 차도 몰 수 없다는 거야. 물건도 오후 3시부터 5시까지만 살 수 있고 그것도 유태인 상점에서만 가능해. 저녁 8시부터 아침 6시까지는 집 밖으로 나가면 안 되고, 저녁 8시가 넘으면 자기 집 마당에도 나와 앉으면 안 돼. 연극이나 영화도 보러 갈 수 없고, 그 밖의 다른 어떤 오락거리도 금지되어 있어. 테니스장, 수영장, 하키장은 물론 그 밖의 다른 어떤 운동장도 이용할 수 없어. 뱃놀이도 안 되고, 기독교인 가정을 방문해서도 안 돼. 유태인은 학교도 유태인

학교만 다닐 수 있어. 금지된 것들이 너무나 많았지만, 그래도 생활은 계속 이어져 갔지. 내 친구 자클린이 늘 말했어. "무슨 일을 하고 싶다가도 혹시 이것도 금지된 것이 아닐까 싶어 더는 아무 것도 하기가 겁나."

1941년 여름에는 할머니께서 위독해지셔서 내 생일축하를 할 분위기가 아니었어. 1940년 생일에도 전쟁이 막 끝난 뒤라서 제대로 생일축하를 하지 못했었지. 할머니께서는 1942년 1월에 돌아가셨어. 내가 할머니 생각을 얼마나 많이 하는지는 아무도 모를 거야. 난 지금도 할머니를 많이, 많이 사랑해. 어쨌든 이번에 1942년에 받은 생일축하는 그동안 못 챙겼던 생일까지 한꺼번에 보상받는 셈이야. 어쨌든, 이게 우리 가족 이야기고, 이제 나에 대해서 다 알게 되었으리라 믿어.

안네가

1942년 6월 21일 일요일

사랑스러운 키티,

선생님들이 모이는 회의가 곧 열린다는 소식에 반 아이들 모두가 안절부절 못하고 있어. 여기서 누가 다음 학년으로 올라가고 누가 유급될지가 결정나는 거지. 우리 반 아이들 절반 가량이 누가 어떻게 될지 내기를 하고들 난리야. 우리 반에는 멍청이들이 많으니까 4분의 1은 유급해야 한다는 게 내 생각이야.

난 선생님들하고 사이가 좋은 편이야. 선생님은 모두 아홉 분인데, 일곱 분은 남자고 두 분만 여자야. 수학을 가르치시는 키싱 선생님은 나더러 말이 너무 많다면서 한동안 나한테 짜증을 내신 적이 있었는데, 한번은 '수다쟁이'라는 제목으로 작문을 하라는 숙제를 내주시기까지 하셨어. 나로서는 수다의 중요성을 입증해야 되겠기에, 꽤 오랫동안 고민을 거듭했지. 그러다가 갑자기 좋은 생각이 떠올랐어. 선생님이 시키신 대로 세 쪽이나 썼는데, 내가 써놓고도 스스로 대견스러웠지. 난 수다가 여성스러움의 특성이어서 줄이도록 노력은 하겠지만 멈추기는 힘들다는 주장을 폈어. 엄마도 나만큼이나 말이 많으시니, 누가 이 유전적인 특징을 바꿀 수 있겠느냐고 했지. 키싱 선생님은 내 글을 읽고 한참 웃으셨어.

하지만 그 다음에 또 수다를 떨자, 선생님은 수다쟁이에 관한 작문을 또 써 오라고 하셨어. 숙제를 제출했더니 그 다음 두 시간은 아무 말씀도 안 하셨지. 그렇지만 셋째 시간이 되자, 선생님도 한계에 이르신 듯 이렇게 말씀하셨어. "안네 프랑크, 수업 중에 수다

를 떤 벌로 '수다쟁이 여사는 꽥, 꽥, 꽥 거린다'라는 제목으로 작
문을 써 오도록!"

다들 배꼽을 잡고 웃었기 때문에 나도 웃었지. 하지만 수다쟁이
에 대해 쓸 거리가 더는 생각나지 않았어. 이제 좀더 독창적인 아
이디어를 낼 때가 된 거지. 시에 소질이 있는 산네가 그 작문 숙제
를 운문 형태로 쓰도록 도와주겠다고 했어. 키싱 선생님이 나를 놀
리려고 하셨으니까 나도 웃기는 작문으로 맞서기로 한 거지.

마침내 시가 완성되었어. 정말 멋진 시였지. 아기오리 세 마리를
거느린 어미 오리와 아비 백조가 등장하는 시였어. 아기들이 너무
꽥꽥대다가 아비한테 물려 죽었다는 내용이었는데, 다행히 선생
님도 내 유머를 이해하고 유쾌하게 받아들이셨지. 선생님은 우리
모두에게 이 시를 읽어주시기까지 하셨어. 그 후로는 떠들어도 된
다는 허락도 받고, 떠든다고 숙제를 해야 하는 일도 없었어. 키싱
선생님은 요즘도 그때 일을 가지고 곧잘 농담을 하시지.

안네가

1942년 6월 24일 수요일

사랑스러운 키티,

학교를 다니지 않는다면 정말 좋겠어. 여름방학이 다가오고 있으니, 이제 일주일만 지나면 그 먼 거리를 걸어서 다녀야 하는 이 고통도 끝나겠지.

어제 아침에 뜻밖의 사건이 벌어졌어. 거리에서 누가 내 이름을 부르는 거야. 그래서 뒤를 돌아보니 그저께 저녁에 친구 빌마의 집에서 만났던 멋진 남자애였어. 빌마의 육촌이라던가 그랬지. 빌마는 좋긴 한데 입만 열면 남자애들 얘기만 해서, 한편으로는 지겹기도 해. 그 아이가 다가와서는 수줍은 표정을 하고 헬로 실베르베르라고 이름을 밝혔어. 나는 조금 놀랐어. 그 애가 왜 그러는 건지 처음에는 몰랐지만, 곧 알게 되었지. 학교까지 같이 걸어가도 괜찮겠냐는 것이었어. "같은 방향이니까 같이 가지 뭐." 그래서 우리는 학교까지 함께 걸었지. 헬로는 열여섯 살인데, 오만가지 재미있는 이야기를 곧잘 해. 오늘 아침에도 또 나를 기다리고 있더라. 앞으로도 계속 그럴 모양이야.

안네가

1942년 6월 30일 화요일

오늘까지 네게 일기를 쓸 틈이 없었구나. 목요일은 줄곧 친구들과 같이 있었고 금요일엔 손님이 오셨거든. 그리고 어느새 오늘이 되어버렸네. 하리와 나는 일주일 사이에 아주 친해졌어. 걔는 내게 자기 인생에 대해 말해줬어. 그는 혼자 네덜란드에 와서 조부모님과 함께 살고 있어. 부모님은 벨기에에 사신대.

하리에겐 파니라는 여자 친구가 있는데 나도 걔를 잘 알아. 아주 순해 보이고 별로 똑똑하진 않은 애야. 하리는 날 만나고부터 파니에게 그저 환상을 품고 있었음을 깨달았나봐. 내가 그의 눈을 뜨게하는 자극제가 된 셈이지. 사람은 누구나 쓸모가 있고 특이한 사람들도 가끔은 그렇지.

요피는 토요일 밤 여기에서 잤지만 일요일엔 리스 한테 가버려서 난 무척 지루했어. 하리는 저녁에 오기로 했는데 오후 6시에 전화가 왔어.

"저는 하리 홀드베르크인데요. 안네와 얘기할 수 있을까요?"

"응, 하리, 나 안네야."

"안네, 안녕. 잘 지냈니?"

"잘 지내. 고마워."

"너무 미안한 말인데 오늘 밤 못 갈 것 같아. 하지만 네게 할 말이 있는데 10분 후에 찾아가도 될까?"

"응, 괜찮아."

"안녕, 곧 갈게."

난 얼른 옷을 갈아입고 머리도 다듬었어. 초조한 심정으로 창가에 서 있었지. 드디어 그 애가 보이더군. 내가 단숨에 달려 내려가지 않은 게 이상할 정도였지만 난 그 애가 초인종을 누를 때까지 차분히 기다렸어. 그리고는 내려가서 문을 열어줬더니 얼른 뛰어 들어오더군.

"안녕, 우리 할머니는 네가 나와 사귀기엔 너무 어리다고 하시면서 대신 루어스를 만나보라고 하셔. 하지만 난 더 이상 파니와 만나지 않을 거야."

"왜 그래? 싸웠니?"

"아니, 그런 건 아냐. 나는 파니에게 우리가 맞지 않으니까 더 이상 데이트하지 않는 게 좋을 거라고 말했어. 하지만 파니가 우리집에 오는 건 환영받을 거고 나도 걔네 집에서 환영받고 싶어. 난 파니가 전에 다른 남자애와 데이트한다고 생각했고 그렇게 대했는데 그건 사실이 아니었어. 그리고 아저씨는 내가 파니에게 사과하라고 하시지만 그러고 싶지 않아서 일을 전부 끝내버렸어. 그건 많은 이유 중 하나에 불과해. 할머니는 너보다 파니와 만나기를 원하시지만 그럴 순 없어. 노인들은 가끔 생각이 너무 고리타분해. 그런 말씀을 따를 순 없지. 내게 조부모님이 필요하지만 어떤 면에서 그분들도 나를 필요로 해.

앞으로 수요일 저녁엔 한가해. 겉으론 조부모님을 기쁘게 해드리려고 목각을 배우러 간다고 하지만 사실은 시온주의 운동모임에 나가는 거야. 하지만 내가 그런 집회에 적극 참가하는 건 아냐. 조부모님은 시온주의에 몹시 반대하시니까. 나는 열성분자는 전혀 아니지만 그쪽에 관심이 있고 재미있는 것 같아. 하지만 요즘 여러 가지로 일이 복잡해져서 그만두려고 해. 그래서 다음 수요일이 마지막 참석이 될 거야. 그러면 수요일 밤과 토요일, 일요일 오후에 널 만날 수 있어. 아마 그 이상 시간이 날거야."

"하지만 네 조부모님은 반대하시잖아. 그분들 몰래 그러면 안 돼."

"사랑은 방법을 찾아내는 법이야."

그때 우리가 모퉁이에 있는 서점을 지나가는데 페터 베즐이 다른 소년 둘과 서 있었어. 그가 날보고 "안녕"하고 인사했는데 정말 아주 오랜만에 내게 말을 건 거였어. 하리와 나는 계속 걷다가 다음날 저녁 7시 5분 전에 걔네집 앞에서 만나기로 했어.

안네가

1942년 7월 1일 수요일

사랑스러운 키티,

일주일 내내 바빠서 일기 쓸 시간도 없었네. 이번 주에는 헬로와 자주 만났어. 헬로가 자기 이야기를 해주었는데, 자기가 겔젠키르헨 출신으로 할아버지, 할머니하고 함께 살고 있대. 부모님은 벨기에에 계시는데 도무지 거기 갈 수 있는 방법이 없대. 예전에 우르쉴라라는 여자친구가 있었다더라. 나도 그 애를 알지. 완벽하게 예쁜 동시에 완벽하게 지겹기도 해. 나를 만난 이후로 헬로도 그 애가 지겹다는 걸 깨달은 모양이었어.

토요일 밤에는 자크가 우리 집에서 잤어. 일요일 오후에 자크가 한넬리네 집에 가고 나니 내가 따분해졌어. 6시쯤에 헬로한테서 전화가 왔어. 10분 안에 올 수 있겠다고 해서 좋다고 했어. 나는 전화를 끊자마자 옷을 갈아입고 머리를 다듬었어.

초조한 마음으로 창가에 몸을 비스듬히 기대고, 그 애가 오나 안 오나 밖을 내다봤지. 그 애가 오는 모습을 보고서도 현관으로 달려가지 않고 가만히 있다가, 초인종이 울린 후에야 문을 열어주었어. 함께 산책을 하기로 했는데, 얼마 지나지 않아서 그 애가 하고 싶었던 말을 털어놓기 시작했어.

"안네, 할머니께서는 네가 너무 어리다고 생각하시나 봐. 그래서 그러시는지 내가 너보다 우르쉴라하고 더 많은 시간을 보내면 좋겠다고 하셔. 내가 이제 우르쉴라하고 만나고 싶어하지 않는다는 건 너도 알고 있을걸."

"아니, 몰랐어. 무슨 일인데? 다투기라도 했어?"

"아니, 그런 건 아니고, 서로 공통점이 없으니까, 내가 그만 만나자고 말했어. 그래도 그냥 친구 사이로는 만나자고 했어. 사실은 그 애한테 딴 남자친구가 생긴 줄 알았는데, 알고 보니 그렇지는 않았어. 할머니는 너 말고 우르쉴라와 만났으면 하시지만, 난 그러지 않을 거야. 너하고 더 자주 만나고 싶거든. 난 수요일 저녁 때, 토요일 오후하고 저녁 때, 일요일 오후에 시간이 있어."

"너희 할아버지하고 할머니께서 싫어하시는데 숨어서 몰래 그러고 다니면 안 되잖아."

"사랑과 전쟁에선 모든 것이 허용되는 거야." 헬로가 말했어.

바로 그때 블랑케포르트 책방 앞을 지나치게 되었는데, 페터르 스히프가 다른 남자애 둘과 함께 서 있다가 난생 처음으로 나한테 아는 척을 했어. 그 남자애가 인사를 해오니 기분이 너무 좋았어.

헬로가 나를 사랑한다고 생각하니 기분이 근사했어. 마르호트 언니는 헬로가 괜찮은 아이라고 해. 나도 그렇게 생각하지만, 실은 그 이상이지. 엄마도 헬로를 좋아하셔. "얼굴도 잘 생기고, 심성도 착하고, 예의까지 바르고." 모두들 헬로를 좋아하니까 나도 기분이 좋아. 헬로를 두고 자크가 아직도 날 놀려대지만, 내가 뭐, 그 애를 사랑한다거나 하는 건 아니야. 정말 아니거든. 난 남자애들하고도 친구로 사귈 수 있다고 생각하는데, 남들은 곧이 듣지 않더라고.

엄마는 항상 어른이 되면 누구와 결혼할 거냐고 물어보시지만, 그게 페터르 스히프라고는 꿈에도 생각을 못하실걸. 난 지금껏 만났던 어느 누구보다 페터르를 사랑해. 그 애가 나를 향한 감정을 숨기려고 다른 여자애들하고 만나고 있을 뿐이라고 스스로에게 다짐하지. 그 애는 아마도 나와 헬로가 서로 사랑하는 사이라고 생각할 거야. 헬로는 그냥 친구일 뿐인데 말이야.

안네가

1942년 7월 3일 금요일

사랑스런 키티에게

하리는 어제 우리집에 와서 엄마와 아빠를 봤단다. 나는 크림케이크와 과자, 차, 고급 비스킷 등 아주 맛있는 것을 많이 준비했어. 하지만 하리와 나는 어색하게 앉아있자니 답답하여 산책하러 나갔어. 걔가 나를 집까지 바래다주었을 때는 이미 8시 10분이었어. 아빠는 심기가 불편하셨어. 유태인에게 8시 이후 외출은 위험한 일이니까 내가 잘못했다고 생각하신 거지. 그리고 나는 앞으로 7시 50분까지 귀가하겠다고 약속해야만 했어.

내일은 내가 하리 네 집에 초대를 받았어. 여자친구 요피는 계속 하리 얘기를 하면서 나를 놀렸어. 하지만 솔직히 난 사랑에 빠진 건 아냐. 물론 남자친구를 가질 순 있다고 생각해. 그리고 모두가 그걸 아무렇지도 않게 생각하지. 하지만 유일한 남자친구, 엄마는 애인이라고 하는데, 는 아주 다른 문제야.

하리가 어느 날 저녁 에바 네 집에 갔을 때 에바가 걔한테 물어봤대.

"파니하고 안네 중에 누구를 더 좋아하니?"

"그건 너하고 상관없어."라고 하리가 말했대. 저녁 내내 두 사람은 입을 다물고 있다가 돌아갈 때 말했다는군.

"잘 들어. 내가 좋아하는 건 안네야. 아무한테도 말하지 마."

그리고 번개처럼 사라졌대. 하리가 날 좋아하는 건 쉽게 알 수 있어. 기분전환용으로 재미있을 거야. 언니는 "하리는 점잖은 애야." 라고 자주 말했어. 나도 그렇게 생각하지만 걔는 언니 말보다 더 멋진 애야. 엄마도 '잘생기고 착실하고 착한 애'라고 칭찬하셔. 가족들이 걔를 인정해줘서 나도 기뻐. 걔도 우리 식구들을 좋아하지만 걔는 내 친구들이 어린애 같다고 생각해. 맞는 말이라고 생각해.

안네가

1942년 7월 5일 일요일

키티,

시험 결과는 그럭저럭 괜찮았어. 대수에서는 D 하나에 C−를 받았지만, B+ 두 개와 B− 두 개를 빼면 나머지는 전부 B였으니까. 우리 부모님도 기뻐하시긴 했지만, 성적이 좋건 나쁘건 그다지 신경을 쓰시는 편은 아니시지. 내가 건강하고 행복하고 너무 건방지지만 않다면 그걸로 만족하신대.

아빠는 요즘 부쩍 집에 많이 계셔. 클레이만 씨가 <오펙타 회사>를 인수하고, 퀴흘레르 씨가 향신료 담당 부서를 운영하고 있어. 그러니 회사에 나가셔도 딱히 하실 일이 없는 거지. 아무 데서도 자신을 필요로 하지 않는다는 느낌은 정말 끔찍할 거야.

며칠 전에 아빠와 산책을 했는데, 아빠가 숨어 사는 이야기를 하시는 거야. 세상과 동떨어져서 산다는 게 우리한테는 힘든 일이 될 거라고 하시기에, 왜 그런 이야기를 하시느냐고 물어봤지.

"안네야, 우리가 일 년 넘게 옷이며 음식이며 가구 따위를 다른 사람들에게 보내고 있는 건 알고 있겠지? 독일군에게 우리 재산을 빼앗기기 싫어서 그러는 거야. 또 놈들이 우리를 멀리 보내 버리는 것도 싫고 말이야. 그래서 우리는 놈들이 잡으러 오기 전에 곧 여기를 떠날 거야."

"아빠, 언제요?" 아빠의 목소리가 너무 진지해서 무서웠어.

"걱정하지 마. 아빠 엄마가 다 알아서 할 테니. 넌 그냥 자유를 누릴 수 있을 때 마음껏 누리면 된단다."

그게 다였어. 난 아빠의 말이 오래도록 현실이 되지 않기만을 바랄 뿐이야. 초인종이 울리네? 아, 휄로가 온 모양이야. 이젠, 그만 써야겠어.

안네가

1942년 7월 8일 수요일

사랑스러운 키티,

너무 많은 일이 한꺼번에 일어나는 바람에 일요일 아침 이후로 몇 년은 지난 것 같아. 그래도 아직 살아있긴 해. 어디서, 어떻게 살아있는지는 묻지 마. 우선 일요일 오후에 일어난 일부터 이야기해 주지.

세 시에 초인종이 울렸어. 나는 발코니에서 햇살을 받으며 책을 읽고 있어서 못 들었지만, 조금 이따가 마르호트(언니)가 안네의 수심 가득한 표정으로 나타나서 속삭이듯 말했지.

"아빠가 SS(나치친위대)의 소환장을 받으셨어. 엄마는 그 일로 판 단 아저씨를 만나러 가셨어." (판 단 아저씨는 아빠의 사업 동료

이자 좋은 친구 분이셔)

충격적인 소식이었지. 소환장이 무얼 의미하는지는 다들 알고 있거든. 강제수용소로 보낸다는 뜻이지. 아빠가 그런 곳에 가시도록 우리가 어떻게 손 놓고 보고만 있을 수 있겠어?

거실에서 엄마를 기다리던 언니가 말했어. "물론 아빠는 가지 않으실 거야. 엄마는 내일 은신처로 이사해도 되는지 알아보려고 판 단 아저씨에게 가신 건데, 그 집 가족도 같이 갈 예정이거든. 그러니까 모두 일곱 명이 되는 셈이지."

그때 갑자기 초인종이 다시 울렸어. "열지 마!" 언니가 외쳤어. 잠시 후 엄마와 판 단 아저씨가 안으로 들어와서 문을 닫는 소리가 들렸어. 그 뒤에는 초인종 소리가 나도 오후 내내 문을 열지 않았어. 엄마와 판 단 아저씨가 두 분이서만 이야기를 나누고 싶어 하셔서 우린 다른 방으로 가 있었지.

침실에 앉아 있는데 언니 말로는 소환장이 아빠가 아니라 사실 자기한테 온 거라고 했어. 난 또 한 번 충격을 받고 울기 시작했어. 언니는 겨우 열여섯 살이야. 독일은 언니 또래의 여자애들을 가족에게서 분리시키려는 속셈이야. 하지만 언니는 가지 않을 거야. 부모님이 그냥 놔두지 않으실 테니까. 전에 아빠가 숨어야 한다는 말씀을 하신 것이 틀림없이 이 일을 염두에 두고 계셨던 거야. 숨는다면, 과연 어디 숨을 수 있을까? 시내에? 시골에? 다른 집에? 이런 질문은 하지 못하도록 되어 있었지만, 생각이 자꾸만 떠올랐어.

언니와 나는 소중한 물건들을 챙겨서 가방에다 담기 시작했어. 난 이 일기장과 교과서 몇 권과 빗, 옛날 편지들을 챙겼어. 나에게는 드레스 같은 것보다 추억이 더 소중하니까. 이윽고 아빠께서 다섯 시쯤에 돌아오셨어. 아빠는 클레이만 씨에게 전화를 걸어서 저녁 때 들러줄 수 있겠느냐고 물어보셨어. 판 단 아저씨는 미프 씨를 데려 오셨어. 미프 아줌마는 1933년부터 아빠와 함께 일해온 여자 분으로 아주 친한 친구이시지. 미프 씨는 집에 와서 우리 옷가지 일부를 옮겨가면서 밤에 다시 오겠다고 약속했어. 그러고 나자 집안은 조용해졌지. 아무도 뭘 먹고 싶은 마음이 없었어. 날은 아직도 더웠지. 11시에 미프 씨와 남편 얀 히스가 다시 왔어. 우리는 미프 씨의 가방과 얀의 주머니 깊숙이 옷가지 몇 점을 더 쑤셔 넣어주었지. 11시 30분에 이들 부부가 떠났어.

난 기진맥진해서 침대에 눕자마자 바로 잠이 들었어. 다음날 아침 5시 30분에 엄마가 깨워 주셨어. 우리는 옷을 더 가져가야 했지만 옷이 가득 든 가방을 들고 집 밖으로 나갈 수는 없었어. 그래서 속옷 두 벌에 팬티 세 장, 원피스, 치마, 재킷, 레인코트, 스타킹 두 켤레 따위를 잔뜩 껴입었지. 집을 나서기도 전부터 땀이 줄줄 흘렀지만 아무도 나한테 괜찮냐고 묻지 않았어. 그나마 날씨가 일요일처럼 덥지 않아서 다행이었지.

마르호트 언니는 가방에 교과서를 챙겨 넣고 미프와 함께 자전거를 타고 길을 떠났어. 난 아직도 숨어 살 곳이 어딘지 모르는 상태였어.

우리는 7시 30분에 대문을 닫고 집에서 나왔어. 고양이 모르체에게 작별인사를 하고, 우리 집 이층에 세를 든 청년인 홀트슈미트 씨에게 메모를 남겨서, 모르체를 이웃에 데려다 주라고 부탁했어.

이웃들이 모르체에게 좋은 가정을 찾아주겠지. 집은 엉망진창이어서, 우리가 서둘러 떠난 것처럼 보였어. 그래도 상관없었어. 안전하게 은신처에 도착하기만을 바랄 뿐 다른 것은 아무래도 괜찮았지.

안네가

1942년 7월 9일 목요일

사랑스러운 키티,

부모님과 함께 비 내리는 거리를 걸었어. 각자 책가방과 온갖 물건이 들어 있는 쇼핑백을 들고 말이야. 출근하는 사람들이 안됐다는 표정으로 우리를 쳐다보았어. 이 사람들도 우리를 차에 태워주고 싶어하는 눈치였지만, 우리 가슴에 달린 노란 별 때문에 그러지도 못했지.

걸어가는 동안 부모님은 우리의 계획에 대해 좀더 상세하게 말해주셨어. 은신처는 아빠의 사무실 건물이래. 그 건물에서 일하는 사람들은 많지 않아. 퀴흘레르 씨, 클레이만 씨, 미프 씨와 스물세 살의 타이피스트 베프 언니가 전부야. 그 사람들은 모두 우리가 온다는 걸 알고 있어. 하지만 창고에서 근무하는 베프 씨의 아버지 포스쾨일 씨와 조수 두 명은 모르고 있어.

건물 내부를 설명해줄게. 1층의 큰 창고는 작업장과 저장실로 쓰이는데 여러 구역으로 나뉘어 있어. 그리고 물품을 저장하고 조미료를 만드는 곳도 있어.

창고 문 옆에는 사무실로 통하는 별도의 출입구가 있는데, 안으로 들어서면 계단이 나와. 계단 꼭대기에 유리문이 있는데, 베프 씨, 미프 씨, 클레이만 씨가 일하는 사무실로 들어가는 곳이야. 그 뒤에는 퀴흘레르 씨가 일하는 사무실이 있어. 퀴흘레르 씨의 사무실에서 긴 복도를 지나면 저장실이 하나 더 나오고 다시 네 계단을 올라가면 사장실이 있어. 그 옆방은 주방인데, 세면실이 딸려 있지. 여기까지가 2층이야.

목조 계단을 올라가면 3층이야. 계단 꼭대기 층계참 양편에 문이 하나씩 있는데, 왼쪽 문을 열면 건물 앞쪽에 위치한 조미료 저장실과 다락으로 들어가게 되고, 오른쪽 문을 열면 건물 뒤쪽에 위치한 '비밀 별채'로 통하게 되어 있어. 그 문 뒤로 숨어있는 방들이 그렇게 많은 줄은 아무도 모를 거야. 안에는 가파른 계단이 있어. 계단 왼편의 작은 통로를 지나면 방이 나오는데, 이제 우리 가족의 거실이 되었어. 그러면서 동시에 부모님의 침실이기도 하고 말이야. 그 옆방은 좀 작은데, 언니와 내가 사용하는 침실 겸 공부방이야.

계단 오른쪽은 창문도 없이 세면대만 달랑 있는 세면실이야. 그 안의 구석 문을 열면 화장실이 나와. 계단을 올라가면 크고 밝은 방이 나오는데 가스레인지와 싱크대도 있어. 이 방은 부엌이자 판단 아저씨와 아주머니가 잠을 자는 곳이 될 거야. 여기는 또 모두의 거실 겸 식당 겸 서재가 될 거야. 그 옆에 딸린 작은 방은 페터 판 단의 침실이야. 참, 다락방도 있어. 그럼, 이제 너한테 우리의 소중한 비밀 별채를 다 소개한 셈이야.

안네가

1942년 7월 10일 금요일

사랑스러운 키티,

어제 이야기를 다 못 끝냈어. 우리는 이 프린센흐라흐트 263번 지의 사무실에 도착한 후 미프 아줌마와 함께 긴 복도를 지나 별채로 올라왔어. 미프 아줌마는 문을 닫더니 우리만 남겨두고 가버렸지. 언니는 자전거를 타고 와서 진작부터 우리를 기다리고 있었어.

지난 몇 달간 부모님이 날라 온 물건들이 여기저기 쌓여 있었어. 바닥이며 침대에 음식과 옷, 그 밖의 여러 가지 물건이 가득 들어 있는 상자들이 즐비했어. 그 날 밤 침대에서 편히 자려면 우선 그 난장판부터 치워야 했지. 엄마와 언니는 너무 지치고 처량한 기분이었던지 곧 늘어졌어. 아빠와 나만 바로 일을 시작했지. 녹초가 될 때까지 상자를 풀고 찬장에 물건을 채우고 정리했어. 덕분에 정돈된 침대에서 까무러치듯 잠이 들고 말았지. 하루 종일 따뜻한 음식은 입에도 못 댔지만 누구도 신경을 쓰지 않았어.

화요일 아침에 우리는 방을 치우고 정돈하는 작업을 끝냈어. 우리가 부엌마루를 닦는 동안 아빠는 등화관제용 커튼을 만드셨어. 수요일이 되어서야 내 인생의 이 엄청난 변화에 대해 생각해 볼 여유가 생겼지. 은신처에 도착하고 처음으로 너에게 말할 시간도 생겼고 말이야. 어떤 일이 일어났는지, 또 앞으로 어떤 일이 일어날 것인지 차츰 깨닫기 시작했어.

안네가

1942년 7월 11일 토요일

사랑스러운 키티,

아빠와 엄마, 언니는 아직 서쪽 시계탑의 종소리에 적응을 못하고 있어. 그 시계는 15분마다 시간을 알려주는데, 난 처음부터 그 소리가 썩 맘에 들었어.

숨어 사는 기분이 어떤지 궁금하지 않아? 내가 지금 할 수 있는 말은 사실 나도 그걸 잘 모르겠다는 거야. 여기가 아직 집처럼 느껴지지는 않지만 그렇다고 아주 싫은 것도 아니야. 특이한 별장에 놀러 온 것 같다고나 할까. 숨어 사는 것을 가지고 이런 식으로 말을 하면 좀 이상하다고 생각할지 모르지만, 사실이 그런걸 어떡하겠어. 별채는 숨어 살기에 더할 나위 없이 알맞은 곳이야. 네덜란드 어디에도 여기보다 더 안락한 은신처는 없을 테니까.

우리 침실의 벽이 텅 비어 있어서, 여태까지 모아둔 엽서와 영화 배우 사진을 사방에 붙여 두었어. 우리가 여기 오기 전에 아빠가 미리 가져다 두신 거지. 아빠 덕분에 방이 훨씬 밝아졌어. 판 단 아저씨 가족이 도착하면 다락방에 있는 나무를 가져다가 찬장과 선반도 만들 계획이야.

어젯밤에 사장실에 내려가서 라디오로 영국 방송을 들었어. 누가 들을까 너무 무서워서 아빠에게 다시 위로 올라가고 싶다고 사정을 했지. 엄마가 내 기분을 눈치 채고 함께 올라와 주셨어. 이웃 사람들이 우리 소리를 듣거나 우리를 볼까봐 늘 두려워. 다음날 커튼을 꿰매기 시작했는데, 여러 가지 헝겊 조각을 이어서 만든 거라

35

모양은 볼품이 없어. 거기다 아빠하고 내가 바느질을 했으니 얼마나 엉망이겠어. 어쨌든 커튼을 창문에 고정시켰어. 우리가 여기서 나가는 날까지는 커튼이 달려 있을 거야.

우리 건물 양쪽으로 다른 건물들이 있는데, 오른쪽 건물은 케흐 회사의 지점이고 왼쪽 건물은 가구 공장이야. 두 건물 다 밤에는 아무도 없지만 큰 소리를 내면 행인들이 들을지도 모르거든. 그래서 언니는 감기가 심한데도 밤에 기침 소리도 제대로 못 내고 있지.

여기 생활이 그렇게 나쁜 것만은 아니야. 요리도 하고 라디오도 들을 수 있으니까. 클레이만 씨와 미프 아줌마, 베프 포스콰일 언니가 정말 많이 도와주고 있어. 읽을거리도 계속 끊이지 않고, 곧 게임 기구도 많이 살 거야. 물론 낮에는 조용히 해야 해. 그래야 아래층 사람들이 우리 소리를 듣지 못할 테니까. 창밖을 내다보거나 밖에 나가서도 안 돼.

어제는 바빴어. 퀴흘레르 씨가 잼을 만든다고 해서 우리가 체리를 여러 상자 손질했거든. 빈 상자로는 책장을 만들 거야.

안네가

1942년 7월 12일 일요일

한 달 전에는 내 생일이어서 모두 잘해줬어. 하지만 이제 엄마나 언니하고는 더 이상 가깝다는 기분이 들지 않아. 오늘은 공부를 열심히 했더니 다들 칭찬해 주더라. 하지만 웬걸 5분도 채 지나지 않아 곧바로 잔소리를 늘어놓더라고.

나를 이해해주는 사람은 아빠뿐이셔. 그런데 요즘은 아빠마저 으레 엄마와 언니 편을 드시지 뭐야. 난 우리 식구들이 남들 앞에서 내 이야기를 하는 게 너무 싫어. 끔찍해. 또 모르체를 화제에 올리는 것도 싫어. 매일 모르체가 보고 싶고, 녀석이 생각날 때마다 눈물이 나서 그래. 사랑스러운 모르체가 언젠가 다시 우리한테 돌아오게 될 거라는 꿈을 버리지 못하겠어.

1942년 8월 14일 금요일

키티,

한 달 내내 아무것도 쓰지 못했어. 아무 일도 일어나지 않았거든. 7월 14일에 온다던 판 단 아저씨 가족이 13일에 도착했어. 더 안전하리라는 생각에서 예정보다 하루 일찍 온 거지. 독일군이 점점 더 많은 유태인들에게 소환명령을 내리고 있거든.

한참 아침을 먹고 있는데 9시 30분경에 페터 판 단이 도착했어. 그 애는 곧 열여섯 살이 되는데도, 수줍음을 잘 타고 좀 어리숙해 보여. 같이 지내는 게 즐거울 것 같진 않아. 페터는 자기 고양이를 데려왔어. 1시간 후에는 판 단 아저씨와 아주머니가 도착했어. 아주머니는 모자상자 하나를 가져왔는데 그 안에 커다란 요강이 들어 있더라. 아주머니는 "난 이게 없으면 영 불안해서."라고 하면서 요강을 소파 밑에 두셨어. 그 요강은 아마 영원히 그 자리에 있게 될 것 같아.

판 단 아저씨 가족이 온 첫날부터 식사를 함께 해서 그런지, 사흘 만에 우리가 마치 대가족처럼 느껴졌어. 판 단 아저씨와 아주머니는 우리가 여기 숨은 후에 어떤 일들이 일어났는지 이야기해 줬어. 우리를 아는 사람 대부분은 우리가 암스테르담을 떠나 스위스로 가려는 줄 알아.

안네가

1942년 8월 21일 금요일

키티,

비밀 별실는 이제 진짜 비밀스러운 곳이 되었어. 포스콰일 씨가 은신처 입구에 책장을 만들어서 달아 주었어. 경첩이 달려서 문처럼 여닫을 수가 있지. 이제 포스콰일 씨도 우리가 숨어 있다는 사실을 알게 되었는데, 지금은 어느 누구보다도 협조적이야.

요즘은 공부를 그다지 많이 하지 않아. 9월까지 방학이라고 여기기로 했으니까. 아빠는 9월부터 내 공부를 봐주고 싶어하시는데, 그러려면 우선 필요한 책부터 사야 돼.

여기 생활은 별반 달라지지 않았어. 판 단 아저씨와는 충돌을 일으키는 경우가 많지. 엄마가 날 아기 취급하는 것도 싫어. 페터는 아직도 그저 그래. 그 애는 하루 종일 침대에서만 뒹구는 성가신 애야.

바깥 날씨가 아주 좋아. 맑고 더워. 다락에 접이식 침대를 놓고 누워서 최대한 날씨를 즐기고 있어.

안네가

1942년 9월 2일 수요일

사랑스러운 키티,

판 단 아저씨 부부가 대판 싸웠는데, 그런 장면은 처음 봤어. 엄마와 아빠는 그 정도로 서로 소리를 질러대는 분들이 아니시니까.

지난주에 페터가 말썽을 일으켰어.

페터와 언니는 클레이만 씨가 빌려주는 책을 거의 다 읽어도 된다는 허락을 받았는데, 어른들이 그 중 한 권은 읽지 못하게 하셨어. 여자에 관한 책이었거든. 페터는 호기심을 누르지 못하고 아주머니가 아래층에 내려간 사이에 그 책을 꺼냈어. 이틀은 무사히 지냈는데 그만 판 단 아저씨가 알아버렸어. 아저씨는 몹시 화를 내면서 페터에게서 책을 빼앗았어. 페터는 그 날 밤에 다른 사람들이 라디오를 들으러 내려갈 때까지 기다렸다가 그 책을 지붕 밑 다락방으로 가지고 가서 다 읽은 모양이야.

그러다가 아저씨가 은신처로 돌아올 때 들켜서 야단을 맞았지. 아저씨가 뺨을 때리자 페터는 다시 다락방으로 올라가서 다시 내려오지 않았어.

그 후 사흘 동안 그 애 코빼기도 볼 수 없었지만 지금은 모든 것이 일상으로 돌아왔어.

안네가

1942년 9월 25일 금요일

사랑스러운 키티,

저녁에 가끔 판 단 아저씨네로 올라가서 수다를 떨곤 해. 요즘은 페터가 주제였어. 페터가 이따금씩 내 뺨을 만지는 게 싫다고 했지. 아저씨와 아주머니는 페터가 날 여동생처럼 예뻐하니까 나도 오빠로 좋아해주면 어떻겠느냐고 하셨어. 난 "싫어요!"라고 대답했어. 페터가 낯을 좀 가리는 것 같다고 덧붙였지. 여자애들과 함께 지내는 데 익숙하지 않은 남자애들은 다 그래.

페터의 고양이 무치는 나를 잘 따르긴 하지만 조금 무섭기도 해.

안네가

1942년 9월 27일 일요일

사랑스러운 키티,

엄마와 이야기를 나누다가 결국 울음을 터뜨리고 말았어. 아빠는 늘 친절하시고, 엄마보다 나를 더 잘 이해해주시지. 언니하고도 잘 지낼 수 없어. 언니와 엄마의 성격은 나랑은 너무 달라. 자기 엄마보다 차라리 친구들과 더 맘이 맞다니 조금은 슬픈 일이지?

판 단 아줌마는 걸핏하면 나에게 싫은 소리를 해. 싫어하는 채소를 조금만 먹고 대신 감자를 먹으면 버릇이 없어진다고 말해. 아줌마의 잔소리는 늘 이렇게 시작하지. "안네가 내 자식이라면…" 그 아줌마 딸이 아닌 게 천만다행이지, 뭐!

안네가

1942년 9월 28일 월요일

사랑스런 키티에게

어제는 도중에 끝내야 했지. 다른 말다툼에 대해 말해야겠지만 그 전에 다른 얘기를 해볼게. 어른들은 왜 그렇게 사소한 일로 쉽게 싸우는 걸까? 난 지금까지 사소한 일로 싸우는 건 아이들뿐이고 어른이 되면 철이 드는 거라고 생각했어. 물론 가끔은 싸워야할 이유가 있겠지만 어른들이 하는 건 단순한 말싸움이야. 나도 익숙해져야겠지만 모든 토론(말다툼 대신 토론이란 말을 써)의 주제가 나인 이상 그럴 수가 없고 그러지도 않을 거야. 반복하지만 내게는 옳은 점이 없다는 거야. 내 외모, 성격, 태도가 꼬치꼬치 토론에 사용돼. 온갖 거친 말이나 야단을 맞아도 나는 그냥 참아야 한대. 하지만 난 그럴 수 없어! 난 수모를 감수하지 않을 거야. 어른들에게 내가 그리 어리지 않다는 걸 보여줄 거야.

내가 그들의 말처럼 버릇없고 교만하고 꽉 막히고 주제넘고 어리석고 게으른가? 당연히 아니지. 다른 모든 이들처럼 나도 결점은 있어. 그건 알지만 그들은 전부를 철저히 과장하고 있어.

키티, 이렇게 많은 조롱과 비웃음을 받고 얼마나 속이 끓어올랐는지 몰라. 나의 분노를 얼마나 억제할 수 있을지 나도 모르겠어. 언젠가는 그냥 폭발할 것 같아.

안네가

1942년 9월 29일 화요일

사랑스러운 키티,

숨어 살다 보면 이상한 일도 참 많아. 여기는 욕조가 없어서 다들 작은 양철통에서 목욕을 하고 있어. 아래층 사무실에만 뜨거운 물이 나와서 목욕을 하려면 돌아가면서 해야 해. 각자 좋아하는 목욕장이 따로 있어. 페터는 사무실 주방에서, 판 단 아저씨는 4층에서 해. 판 단 아줌마는 아직 목욕을 안 하면서 어디가 제일 좋은지 살펴보는 중이야. 아빠는 사장실에서, 엄마는 부엌에서 씻으시지. 언니와 나는 건물 앞쪽의 사무실을 골랐어. 토요일 오후에는 커튼을 치기 때문에 어둠 속에서 목욕을 하지.

일주일 전부터 왠지 여기가 싫어져서 다른 곳을 찾아보기로 했어. 페터가 사무실 화장실이 어떠냐고 하더라. 널찍하고 환하거든. 일요일에 처음 사용해 보았는데 다른 곳보다 훨씬 좋았어. 앞으로는 거길 사용할 거야.

수요일에 배관공이 와서 겨울에 파이프가 얼지 않도록 아래층에 공사를 했어. 공사 탓에 우리만 불편했지. 낮에 전혀 물을 틀 수 없었고 화장실까지 못 썼거든. 아래층에 배관공이 와 있는 동안에는 내내 커다란 단지를 요강 대신 사용했어. 하루 종일 가만히 앉아서 아무 말도 못하고 참는 것보다야 훨씬 나았지. 그게 꽥꽥꽥 양에게 얼마나 힘든 일인지 너는 상상도 못할 거야. 보통 때도 속삭이듯 말해야 하는데, 아예 말도 못하고 움직이지도 못하는 건 열 배는 더 힘들다고.

안네가

1942년 10월 1일 목요일

키티,

어제 소름끼치는 일이 있었어. 8시에 초인종이 울렸지. 게슈타포가 우리를 잡으러 왔다고 생각한 거야. 다들 우편배달부였을 거라고 말하는 소리를 듣고 나서야 비로소 나도 마음을 가라앉힐 수 있었어. 지난 29일은 판 단 아줌마의 생일이었어. 거창한 축하파티는 없었지만, 아주머니는 꽃과 간단한 선물과 맛있는 음식을 선물로 받았지. 판 단 아저씨는 매년 하듯이 붉은 카네이션을 주었어. 페터도 가끔은 웃길 때가 있어. 페터와 나는 공통점이 하나 있는데, 우리 둘 다 분장하고 사람들을 웃기기 좋아한다는 거야. 어느 날 밤엔가는, 페터가 몸에 딱 붙는 자기 엄마 드레스를 입고, 난 페터의 양복을 입었어. 또 그 애는 여자모자를 쓰고 난 야구모자를 썼지. 모두들 웃었고 우리도 재미있었어.

베프 씨가 언니와 나한테 새 치마를 사다 주었어. 옷감이 감자 포대처럼 형편없는데도 엄청나게 비싸대.

뭔가 기대할 거리가 생겼어. 베프 씨가 언니와 나, 페터에게 속기 통신강좌를 신청해 주었어. 내년 이맘때면 아마도 속기의 달인이 되어 있겠지? 암호로 글 쓰는 법을 배우다니, 정말 재미있겠어.

안녕, 안네가

1942년 10월 3일 토요일

키티,

어제 엄마하고 또 싸웠어. 엄마는 아빠한테 우리가 다툰 얘기를 하시더니 울기 시작하셨어. 나도 울었어. 난 아빠한테 엄마보다 아빠를 훨씬 더 사랑한다고 말했어. 아빠는 그런 건 바뀌는 거라고 하시지만, 난 그렇게 생각하지 않아. 도저히 엄마 말을 들을 수가 없어. 항상 억지로 공손한 척해야 한다니까.

언젠가 엄마가 돌아가시는 상상은 가능해도 아빠가 돌아가시는 건 상상조차 할 수 없어. 잘못이라는 건 알지만 내 느낌이 그런 걸 어떡하겠어. 엄마가 이 글은 물론이고 내가 쓴 어떤 글도 읽지 않으셨으면 좋겠어.

요새는 나도 어른들이 읽는 책을 읽어도 좋다는 허락을 받았어. 요즘은 니코 판 스프텔렌의 「에바의 청춘」을 읽고 있어.

에바는 아이들이 사과처럼 나무에서 자라고, 다 익으면 황새가 따다가 엄마에게 배달해 주는 줄 알았어. 그러다가 자기 친구의 고양이가 새끼를 배고 또 낳는 광경을 보게 되었는데, 그러고 나서도 감을 못 잡았지. 한동안 엄마들이 알을 낳는 줄로 알았대!

책에는 에바가 생리를 하는 이야기도 나와. 나도 빨리 생리를 하게 되었으면 좋겠어. 그러면 나도 정말 어른이 되는 거겠지.

안네 프랑크

1942년 10월 7일 수요일

스위스에 가서 사촌들과 함께 지내는 상상을 해. 아빠와 한 방에서 자고 사촌의 공부방을 내 거실로 사용하는 거야. 거기서 손님들을 맞을 수도 있겠지. 친척들이 나를 위해서 새 가구도 많이 갖추어 주고 모든 것이 다 멋있기만 해. 아빠는 용돈을 주면서 필요한 건 뭐든 사라고 말하셔. 사촌 베른트와 쇼핑하러 나가서 새 속옷과 겉옷, 비누, 화장품, 향수, 책, 선물을 사는 거야.

1942년 10월 9일 금요일

사랑스러운 키티,

끔찍한 소식을 들었어. 게슈타포가 유태인 동포들을 끌어가고 있대. 유태인들은 인간다운 대접도 못 받은 채로 가축용 트럭에 실려 베스테르보르크로 보내진대. 드렌터에 있는 큰 수용소인데, 유태인은 모두 거기로 끌려가는 거야. 그 다음에 거기서 다시 여러 나라에 흩어져 있는 노동수용소로 이송되는 거지.

베스테르보르크는 정말로 처참할 거야. 먹을 거나 마실 것이 거의 없다나 봐. 하루에 한 시간만 물을 쓸 수 있어서, 화장실과 세면대 하나를 몇 천 명이나 되는 사람이 같이 써야 한대. 남녀를 한 방에 몰아넣고 재우고, 여자와 아이들은 머리를 박박 깎아야 한대. 네덜란드의 사정이 그 정도라면 다른 나라에 있는 수용소는 오죽하겠어? 잡혀간 유태인 대부분이 학살당하고 있을 거야. 영국 방송에서는 독가스로 죽인다고도 했어. 그게 가장 빠른 살해 방법이겠지.

독일인은 정말 끔찍한 인간들이야. 나도 한때는 독일인이었다니! 아니, 그건 아니지. 히틀러가 권력을 잡으면서 유태인들이 국적을 상실했으니 우린 더이상 독일인이 아니라는 뜻이야.

이제 독일인과 유태인은 하늘 아래 다시 없는 원수가 되었어.

안네가

46

1942년 10월 14일 수요일

키티,

요즘 아주 바빠. 어제는 「라 벨 니베르네즈」 중에서 한 장(章)을 번역하고 프랑스어 단어도 정리했어. 엄마와 언니하고 다시 친구가 되었어. 그 편이 훨씬 낫지 뭐니. 어젯밤에 언니와 함께 내 침대에 나란히 누웠어. 언니는 가끔 내 일기를 읽어도 되냐고 물었어. 난 "조금만."이라고 대답하고, 나도 언니 일기를 읽어도 되냐고 물었어. 언니도 괜찮다고 했어. 미래에 대해서도 이야기했어. 나중에 뭐가 되고 싶으냐고 물었지만 언니는 대답을 안 했어. 그렇지만 선생님이 되고 싶어하는 눈치였어.

안네 프랑크

추신 : 아침에 모두들 몸무게를 재보았어. 3개월간 여기서 지내면서 나도 9킬로그램 가까이나 쪘더라.

1942년 10월 20일 화요일

사랑스러운 키티,

아직도 손이 벌벌 떨려. 두 시간 전에는 정말 무서웠어. 소화기를 채워넣으러 사람이 오기로 되어 있었는데, 그만 사무실 직원들이 깜빡 잊고 우리에게 알려주지 않았던 거야. 건물에는 소화기가 다섯 통이 있어. 어쨌든 아무 생각 없이 시끄럽게 돌아다니는데 쾅

장 너머 층계참에서 무슨 소리가 들리는 거야. 같이 점심을 먹던 베프 씨에게 아래층으로 내려가면 안 된다고 알려주었어. 15분 후에 누가 문을 두드리면서 막 문을 열려고 미는 거야. 나는 기절하는 줄 알았어. 바로 그때 클레이만 씨의 목소리가 들렸어. "문 열어요. 나라고요." 아저씨의 목소리를 듣고 나서야 안도의 한숨을 내쉬면서 별일 아니란 것을 알았어.

안네가

1942년 11월 5일 목요일

키티,

엄마하고는 차츰 잘 지내고 있지만 절대로 정말 가까운 사이가 될 수는 없어. 아빠는 속내를 드러내는 편이 아니시지만 늘 그렇듯이 항상 다정하셔. 며칠 전부터 난로에 불을 때서 아직도 방안에 연기가 자욱해. 언니는 아침에도, 점심에도, 저녁에도 자꾸만 성가시게 굴어.

안네 프랑크

1942년 11월 9일 월요일

사랑스러운 키티,

어제는 페터의 열여섯 번째 생일이었어. 게임판과 면도기, 라이터를 선물로 받은 모양이야. 페터가 정말로 담배를 피우는 건 아니지만 라이터를 가지고 있으니까, 마치 어른처럼 보여.

판 단 아저씨가 영국군이 아프리카에 상륙했다고 알려주었어. 모두들 그게 바로 전쟁이 곧 끝날 거라는 뜻이래. 하지만 영국의 처칠 수상은 그렇지 않다고 했어. "지금은 끝이 아닙니다. 끝의 시작조차 아닙니다. 아마도 시작의 끝 정도는 될 겁니다." 그 차이를 알겠어?

어쨌든 희망을 가질 만한 이유는 되지. 더군다나 스탈린그라드는 아직 독일군 수중에 넘어가지 않았어. 우리의 식량 공급 상황에 대해 알려줄게. 클레이만 씨의 친구가 매일 빵을 조달해 줘. 집에 있을 때처럼 많지는 않지만 충분해. 오래 두고 먹을 수 있는 음식도 많이 쌓아두었어. 야채 통조림이 100개는 된다니까.

얼마 전에 콩 300파운드를 샀는데, 사무실 사람들과 나누어 먹게 될 거야. 페터는 계단에서 다락까지 포대를 운반하는 일을 맡았어. 마지막 포대를 들고 반쯤 올라가다가 그만 자루가 터지는 바람에 콩이 계단으로 마구 튀었어. 그 소리가 너무 커서 꼭 우박이 쏟아지는 것 같았지! 다행히도 건물에는 우리뿐이었어.

아빠가 몹시 편찮으시다가 지금은 나아지셨다는 이야기를 깜빡 잊을 뻔했네.

안네가

1942년 11월 10일 화요일

사랑스러운 키티,

우리 은신처에 한 사람이 더 올 예정이야. 예전부터 한 사람 정도는 더 받아들일 수 있는 식량과 공간이 된다고 다들 생각했거든. 아빠는 유태인들에게 가해지는 잔인한 일들에 몹시 분개해서 피신하려는 사람들을 도와주고 싶어하셔.

결국 알베르트 뒤셀이라는 치과의사로 결정이 되었어. 우리도 이미 만나 본 분인데 조용하고 아주 좋은 사람 같았어. 미프 씨도 잘 아는 사람이어서 필요한 일들을 처리해 주기로 했어. 뒤셀 씨가 오면, 나는 언니 대신 그 아저씨하고 방을 같이 써야 해. 언니는 캠핑용 간이침대에서 자게 될 거고 말이지. 아저씨한테 충치 치료에 필요한 재료를 가져와 달라고 부탁할 거야.

안네가

1942년 11월 12일 목요일

사랑스러운 키티,

미프 씨가 뒤셀 씨에게 숨을 장소를 찾았다고 말했어. 미프 씨는 되도록 빨리 은신처로 들어가야 한다고 했지만 그 분이 기다려 달라고 하셨대. 우선 전기세를 내고 환자도 두어 명 더 봐야 한다고 하시면서 말이야. 다들 미루는 건 안 좋다고 생각하지. 독일군이 체포하러 오는데 까짓 전기세가 대수겠어? 어쨌든 월요일에는 오신대.

안네가

1942년 11월 17일 화요일

사랑스러운 키티!

11시 30분경에 뒤셀 씨가 왔어. 은신처의 입구를 보고 감탄하더라. 우리는 커피와 브랜디를 차려 놓고 기다렸어. 그 사람은 스위스에 간 줄로만 알았던 우리 가족이 여기 있는 걸 보고 깜짝 놀랐어. 아저씨에게 은신처를 보여주고 함께 점심을 먹었어. 그런 다음에 아저씨는 짐을 풀고 잠깐 낮잠을 주무셨어. 벌써부터 이곳을 편안하게 생각하시나 봐. 타이프로 친 다음의 '은신처 규칙'(판 단 아저씨가 작성)을 받았을 때 특히 그랬어.

〈은신처 설립취지 및 안내〉

유태인과 그와 비슷한 자들을 위한 임시거처로 설치된 특별기관.
연중무휴. 아름답고 조용하며 주위에 숲이 없는 암스테르담 중심가에 위치함. 13번과 17번 전차 또는 자전거나 자동차로 올 수 있음. 독일 측이 교통수단을 금지하는 경우엔 도보로 올 수 있음.
방세와 식비 : 무료. 비만방지를 위한 특별식.
욕실(욕조는 없음)과 실내외에 수도가 있음. 온갖 짐을 보관할 공간은 충분함.
독립 라디오센터에서 런던, 뉴욕, 텔아비브의 방송을 수신할 수 있음. 라디오는 저녁 6시 이후 거주자만을 위한 시설임. 어느 방송이든 괜찮지만 독일 방송은 클래식음악 같은 특별한 것만 허용됨.

취침시간 : 밤 10시부터 아침 7시 반까지. 일요일은 10시 15분까지. 거주자는 상황이 허락하는 한 감독자의 지시에 따라 낮에도 쉴 수 있음. 공적 안전을 위해 취침시간을 엄수할 것.

언어 사용 : 명령이니 언제나 조용히 말할 것. 문명국의 언어는 모두 허용됨, 따라서 독일어는 금지함.

수　업 : 주1회 속기강좌. 영어, 불어, 수학과 역사는 매일 있음.

식사시간 : 일요일과 은행 휴일을 빼고 아침은 오전 9시. 일요일과 은행 휴일은 오전 11시반 쯤.

점　심 : 오후 1:15에서 1:45까지.

저　녁 : 일정한 시간 없음. 뉴스 방송에 따라.

의　무 : 거주자는 늘 사무실 업무에 협조할 준비가 되어 있어야 한다.

목　욕 : 일요일 오전 9시부터 모두에게 빨래통이 허용됨. 화장실, 부엌, 개인 사무실과 주 사무실은 언제든 이용할 수 있음.

술 : 의사의 처방이 있는 경우에 한함.

안네가

1942년 11월 19일 목요일

사랑스러운 키티,

집작대로 뒤셀 씨는 좋은 사람이야. 나와 방을 함께 써야 하는 것도 그다지 신경을 안 쓰시는 눈치야. 나는 영 싫지만. 그래도 모두들 희생을 해야 하는 마당에, 나도 이 정도라도 희생할 수 있어서 기뻐. 아저씨는 여기 온 첫날밤에 여러 가지를 물으셨어. 예를 들면 사무실에 청소부가 언제 오는지, 또 언제 화장실을 쓸 수 있는지 등이었지. 우습게 들릴지 몰라도 숨어 살 때는 그런 일들이 그리 간단한 문제가 아니거든. 아저씨는 모든 질문을 두 번씩 반복하시면서도 우리가 말해준 내용을 잘 기억하지 못하셔. 아마도 갑작스러운 변화가 혼란스러우신가 봐.

아저씨는 바깥 세상에 대해 많은 이야기를 해 주셨어. 밤이면 밤마다 군용 차량이 거리를 돌아다니고 군인들이 집집마다 문을 두드리면서 유태인이 사느냐고 물어본대. 그렇다고 하면 가족 전원이 연행되는 거야. 유태인이 없으면 군인들은 옆집으로 가지. 어떤 때는 명단을 들고 다니며 유태인들이 많이 사는 집만 골라서 가기도 한다나 봐. 유태인이 있는 곳을 알려주는 사람에게는 포상금도 걸었대. 유태인이라면 환자나 노인, 어린이, 아기, 임산부 할 것 없이 모두 독일군의 손아귀에서 벗어날 수 없어.

여기 있어서 너무 다행이야. 아직도 시내에 사는 친구들을 생각하면 너무 안쓰러워 죽을 것 같아.

안네가

1942년 12월 7일 월요일

사랑스러운 키티,

하누카*와 성 니콜라스 축일*이 올해는 겨우 하루 차이였어. 하누카에는 촛불을 켜고 작은 선물을 교환하는 일 말고 그다지 할 일이 없어. 판 단 아저씨가 목재로 메노라를 만들었어. 촛불은 10분 정도만 켰는데, 성가를 부를 수 있는 정도만 되면 되는 거지 뭐.

토요일의 성 니콜라스 축일이 훨씬 재미있었어. 저녁식사 때 베프 씨와 미프 씨하고 아빠가 뭔가를 꾸미고 있었어. 8시에 다들 아래층의 골방으로 내려갔는데, 거기는 창문이 없어서 전등을 켠 후에 아빠가 찬장을 열었어.

"와, 정말 멋있어요!" 우린 모두 소리 질렀지.

한 쪽에 색종이와 블랙 피터 가면으로 장식된 커다란 바구니가 있었는데, 바구니를 위층으로 가져와서 열어봤더니 모두에게 주는 선물이 들어 있었어. 우리 모두 성 니콜라스 축일을 기념하는 건 처음이었는데, 처음 치고는 괜찮았던 셈이지.

안네가

하누카
12월 초에 시작해서 8일 동안 진행되는 유대인의 연례 봉헌(奉獻)축제. 이스라엘의 왕이었던 솔로몬이 야훼께 성전을 드리는 봉헌 제사로 촛불 행사, 종려나무 가지를 앞세운 행진 등이 펼쳐진다.
성 니콜라스 축일
AD 3세기경 소아시아의 미라(Myra)의 대주교였던 성 니콜라스를 기리는 기념일(12월 6일).

1942년 12월 10일 목요일

사랑스러운 키티,

뒤셀 아저씨가 치과 치료를 해주시는 중이야. 아저씨는 판 단 아줌마의 입을 들여다보고 충치 두 개를 발견했어. 그 중 하나를 긁어내려고 했지만 판 단 아줌마가 도무지 가만히 있질 않았어. 아주머니가 소리를 지르고 발버둥을 치는 바람에 아저씨가 기구를 놓쳤고, 아저씨의 손에서 떨어진 기구가 그만 아주머니의 치아에 걸렸어. 아주머니가 아무리 빼내려 해도 기구는 점점 더 깊이 박히기만 하는 거야. 뒤셀 선생님은 침착한 표정으로 아주머니를 지켜보았지만 우린 모두 웃음을 터뜨렸어. 아픈 환자한테는 몹쓸 짓이었지. 얼마 후에 아주머니가 간신히 기구를 빼내자 뒤셀 선생님은 아무 일도 없었다는 듯이 다시 치료를 시작하셨어. 아주머니는 아마 시간이 한참 지난 다음이라야 다시 치과 치료를 받으려 들 것 같아.

안네가

2부

1943년 1월 ~ 12월

끔찍한 일이 많았던 어제와 달리, 마침내 전쟁이 끝나고
평화가 오리라는 희망을 품을 수 있게 된 거야.

-1943년 7월 26일-

1943년 1월 13일 수요일

사랑스러운 키티,

밖에서 끔찍한 일들이 일어나고 있어. 힘없는 유태인들이 밤낮 없이 집에서 끌려나와 붙들려가고 있어. 유태인들은 배낭과 약간의 돈만 겨우 챙겨가는 거야. 가족도 뿔뿔이 흩어지고 있어. 아이들이 학교에서 돌아와 보면 부모님이 사라지고 없는가 하면, 부인들이 장이라도 다녀오면 집에 봉인이 된 채로 식구들이 어디론가사라지는 일도 있다고 해. 네덜란드의 기독교인들도 아들이 독일로 소집될까 봐 공포에 질려 있지. 온 세상이 전쟁 중인데, 이 전쟁이 언제 끝날지는 아무도 몰라.

우리는 그래도 수백만의 다른 사람들보다는 운이 좋은 편이야.

여기는 안전하고 조용하니까. 또 가진 돈으로 식량도 사들이고 있고. 여기서는 '전쟁이 끝나면' 어떤 일이 일어날지, 그리고 그때가 되면 새로 살 옷과 새 신발에 대해서도 이야기를 나누지. 어찌 보면 너무 이기적인 일이지만 말이야. 실은 전쟁이 끝났을 때 다른 사람들을 도와줄 수 있도록 돈을 저축해야 하는 건지도 몰라. 이 동네 아이들은 얇은 셔츠 바람에 나막신만 신고 다녀. 외투나 모자도, 의지할 사람도 없는 모양이야. 네덜란드의 사정이 너무 나빠져서 거리에서 아이들이 사람들을 붙잡고 빵을 달라고 구걸하고 있는 형편이야. 전쟁이 끝나기만을 가급적 조용히 기다릴 뿐, 우리가 할 수 있는 일은 하나도 없어. 유태인과 기독교인 모두, 전 세계가 기다리고 있어. 그리고 세상에는 죽음을 기다리는 사람들이 많아.

안네가

1943년 2월 5일 금요일

사랑스러운 키티,

여기에 있는 사람들이 싸우는 이야기를 일기에 안 쓴 지도 오래됐어. 여긴 모든 게 그대로야. 다른 게 있다면 이제 뒤셀 씨도 우리의 다툼을 더이상 심각하게 받아들이지 않으신다는 거지. 페터와 언니는 무척 재미없게 조용히 있지만 난 정반대야. 그 두 사람 옆에 있으면 나만 보기 흉한 못난이처럼 튀지. 모두들 그 둘을 본받으라고 하는데, 그게 너무 싫어. 언니처럼 되고 싶은 마음이 전혀 없으니까.

페터는 조용한 편이긴 해도 가끔 우리를 웃기기도 해. 뜻도 모르면서 외국어를 곧잘 주절거리지. 며칠 전에 사무실에 손님들이 찾아왔어. 변기를 사용하면 물 내리는 소리가 나기 때문에 사용할 수 없었어. 그런데 페터가 너무 급한 나머지 일만 보고 물을 내리지 않았어. 그리고는 불쾌한 냄새를 조심하라는 의미에서 'RSVP-가스!'라고 문에 붙였어. 물론 '위험-가스!'라는 뜻으로 붙인 건데, 그 애는 RSVP가 더 멋있게 들린다고 생각했나 봐. 그게 '답변 부탁합니다'라는 뜻인 줄도 모르고 말이야.

안네가

1943년 2월 27일 토요일

사랑스러운 키티,

아빠는 연합군의 상륙작전만 고대하고 계셔. 처칠 수상은 폐렴에 걸렸다가 회복 중이래. 인도에서는 간디가 자유를 위해 다시 단식을 진행하고 있대.

어떤 일이 일어났는지 넌 상상도 못할 거야. 건물주가 퀴흘레르씨와 클레이만 씨에게 한 마디 상의도 없이 건물을 팔았지 뭐야. 어느 날 아침 새 주인이 건축사와 함께 건물을 조사하러 왔어. 다행히도 클레이만 씨가 사무실에 있어서 우리 은신처인 비밀 별채만 빼고 다 보여주고 나서, 별채 열쇠를 집에 놔두고 왔다고 했대.

그 사람들이 또 찾아와서 별채도 보겠다고 하는 일이 없기를 바랄 뿐이야. 그랬다가는 큰 문제가 생길 테니까.

안네가

1943년 3월 10일 수요일

사랑스러운 키티,

판 단 아줌마는 밤에 무슨 소리라도 나면 늘 과민반응이야. 며칠 전에는 다락에서 시끄러운 발걸음 소리가 나는 것 같아서 도둑이 든 줄 알았대. 그래서 판 단 아저씨를 깨웠더니 그 소리가 멈췄어. 아주머니는 다락에 두었던 소시지와 말린 콩을 도둑이 훔쳐서 달아났다고 생각했던 모양이야. "페터는 무사할까요? 침대에서 잘 자고 있어야 하는데?"

"아무리 그래도 설마 페터까지 훔쳐가지는 않았을 거요. 이제 그만 잠 좀 잡시다!" 판 단 아저씨가 이렇게 대답했지. 며칠 후 한밤중에 판 단 아저씨 부부와 페터는 이상한 소리를 듣고 잠에서 깼어. 페터가 손전등을 들고 다락에 올라갔다가 뭘 발견했는지 알아? 바로 떼지어 도망가는 쥐들이었어!

며칠 전 저녁에는 페터가 오래된 신문을 가지러 다락에 올라갔다가 사다리로 내려올 때 다락으로 통하는 천장 문을 잡아야 했는데, 보지도 않고 손을 뻗다가 너무 놀라 사다리에서 떨어질 뻔했어! 커다란 쥐 몸뚱이에 손을 놓았다가 그만 그 녀석이 페터의 팔

61

뚝을 문 거야. 페터는 덜덜 떨면서 핼쑥해진 얼굴로 잠옷에 피를 흘리며 내려왔지.

그 후로 고양이 무치를 다락에서 재웠어. 적어도 밤에는 쥐 소리를 듣거나 쥐가 다시 나타나거나 하는 일은 없었지.

안네가

1943년 3월 12일 금요일

사랑스러운 키티,

고양이 무치와 보슈에 대해 아직 말하지 않았지? 무치는 페터의 고양이고, 보슈는 창고와 사무실을 지키는 고양이야. 창고에서 쥐를 쫓아내는 임무를 맡고 있지. 이름이 왜 그렇게 이상한지 설명해 줄게. 예전에는 회사에 고양이가 두 마리 있었대. 하나는 창고를 지키고 또 하나는 다락을 지켰는데, 이 두 놈이 마주치기라도 하는 날에는 언제나 전쟁이었다나? 창고 고양이가 늘 싸움을 걸었지만 이기는 건 늘 다락 고양이였어. 그래서 창고고양이는 '독일인'이나 '보슈(독일놈)'로, 다락 고양이는 '영국인'이나 '토미(영국군)'로 불리게 된 거야. 이제 토미는 사라졌지만 보슈는 아직도 아래층에서 살아.

안네가

1943년 3월 19일 금요일

사랑스러운 키티,

요즘 콩을 너무 많이 먹어서 콩이라면 쳐다보기만 해도 신물이 날 지경이야. 저녁에 먹을 빵이 없어서 대신 통조림을 먹기로 했어. 좋은 소식이 있어!

독일에 무시무시한 폭격이 있었어. 아빠는 늘 걱정스러운 표정이고, 판 단 아저씨는 피울 담배가 없어서 신경질을 부려. 터키도 전쟁에 개입했다는 소식이 있었는데, 오보였나 봐. 그 나라의 어떤 정치인이 참전에 관해 이야기한 게 다였대. 라디오에서 히틀러가 부상병들에게 행하는 연설을 들었어. 병사들은 부상당한 걸 자랑스러워하는 것 같았어. 웃기는 일이야. 어떤 병사는 총통과 악수한다는 생각에 너무 흥분해서 말도 못하더라.

안네가

1943년 3월 25일 목요일

사랑스러운 키티,

어제 저녁 엄마, 아빠, 언니와 함께 앉아 있는데 페터가 들어왔어. 창고에서 무슨 소리가 들린다며 누군가가 바깥문을 열려고 하는 것 같대.

페터와 아빠가 아래층으로 내려가 있는 동안 우리 셋은 조바심을 내면서 기다렸어. 1, 2분 후에 판 단 아줌마가 올라와서는 아빠가 라디오를 끄라고 하셨다고 전해줬어. 5분 후에 아빠와 페터가 돌아와서 어떤 일이 일어났는지 알려주었어. 두 사람 모두 새파랗게 질린 얼굴이었어.

두 사람은 아래층으로 내려가 계단 아래에 숨어서 기다렸대. 처음에는 아무 일도 없었는데 갑자기 쿵쿵하는 소리를 들었대. 건물 안에서 문 두 짝이 '쾅' 하고 닫히는 소리 같았대. 아빠는 위층으로 뛰어 올라오셨고 페터는 뒤셀 씨를 데려왔어. 모두 판 단 아저씨와 아주머니 방에 모여 어떻게 해야 할지 이야기했어.

기다리고 또 기다렸지만 더 이상 아무 소리도 들리지 않았어. 결국 아빠와 페터의 발자국 소리에 도둑이 놀라 달아난 게 틀림없다는 결론을 내렸지. 도둑이 강제로 문을 열려고 했다면 경찰이 와서 건물을 둘러볼지도 모른다고 아빠가 걱정하셨어. 사장실 의자가 모두 라디오 주변에 모여 있고 라디오가 영국 방송에 맞춰져 있는 걸 보게 된다면 낭패거든! 그래서 판 단 아저씨와 페터(큰 망치로 무장하고)가 아빠하고 같이 아래층으로 내려갔어. 셋은 건물 내부를 둘러보고 와서 아무도 없다고 전해줬어.

그래도 한두 시간 동안은 꼼짝도 할 수 없었지. 결국 도둑이 건물에 침입했을 것 같지는 않다는 결론을 내렸지. 이웃 건물에서 난 소리였던 것 같아. 사실 외벽이 너무 얇아서 어디에서 나는 소린지 착각하기 쉽거든.

잠자리에 들긴 했지만 아무도 쉽게 잠을 이루지는 못했어. 오늘 아침에 판 단 아저씨와 아빠, 페터가 아래층으로 내려가서 바깥문이 잠겨 있는지 살펴봤는데, 잘 잠겨 있었대!

안네가

1943년 4월 2일 금요일

사랑스러운 키티,

어제는 만우절이었지만 아무도 농담을 입에 올릴 기분이 아니었어. 우리 모두 너무 비참한 심정이야. 어젯밤에 아빠가 잠자리기도를 해주시길 기다리며 침대에 누워 있었는데, 대신 엄마가 들어오셨어. 엄마는 부드러운 목소리로 말씀하셨어. "안네야, 아빠는 아직 주무실 준비가 안 되셨단다. 오늘은 엄마랑 기도할래?"

난 대답했어. "싫어요, 엄마."

엄마는 일어나서 내 침대 옆에 잠시 서 계시더니 천천히 문 쪽으로 걸어가셨어. 엄마가 갑자기 뒤를 돌아보시는 바람에 울고 계셨다는 사실을 알 수 있었어.

"너에게 화를 내고 싶지는 않구나. 엄마를 사랑해 달라고 강요할 수는 없으니까."

엄마는 문으로 걸어가면서 더 많이 우셨어.

엄마에게 그렇게 말하는 것이 잔인한 줄은 알지만, 그럴 기분도 아닌데 엄마하고 기도할 수는 없는 일이잖아. 하지만 엄마의 기분을 상하게 해드린 건 너무 미안했어. 엄마가 사랑을 강요할 수는 없다고 하면서 얼마나 슬퍼하시는지 보고 말았거든. 하지만 사실

65

잘못이 있는 사람은 엄마야. 엄마는 항상 내가 좋아하는 것에 대해 함부로 말하거나 듣기 싫은 농담을 하곤 하셨어. 그래서 엄마가 나를 사랑하든 말든 난 더 이상 신경을 안 쓰기로 한 거야.

엄마는 밤이 깊도록 잠도 못 이루고 우셨어. 오늘 아빠는 나와 눈도 맞추려 하시지 않았지만 난 아빠가 무슨 생각을 하시는지 알아. '어쩌면 그렇게 매정하니? 어떻게 감히 엄마를 그렇게 슬프게 할 수 있어?' 아빠를 화나게 해드려 죄송했지만 어쩔 수 없어. 엄마에게 미안하긴 하지만 사과는 안 할 거야. 사실을 말한 것뿐이니까.

안네가

1943년 4월 27일 화요일

사랑스러운 키티,

여기 사람들은 모두가 서로한테 화가 나 있어. 엄마와 나, 판 단 아저씨와 아빠, 그리고 엄마와 판 단 아줌마는 항상 싸우지.

음식도 끔찍해. 아침은 마른 빵과 대용 커피*로 때워. 지난 2주 동안 점심은 썩은 냄새가 나는 감자를 곁들인 시금치나 양상추가 전부였어. 살을 빼기에는 여기보다 나은 데가 없을 걸!

1940년에 참전했던 네덜란드 사람들이 이제 포로수용소에서 독일군을 위해 일해야 해. 새로운 법령인 셈이지. 연합군 상륙에

대용 커피
치커리, 보리나 귀리 등을 볶아 가루로 만들어 커피 비슷하게 만든 커피 대용품.

대비하는 모양이야.

안네가

1943년 5월 2일 일요일

숨지 못한 유태인들에 비하면 우리는 천국에 사는 셈이라는 생각이 들어. 하지만 모든 게 정상으로 돌아가면 이런 생각도 달라질 것 같아. 늘 안락하게 살다가 이제는 하층 생활자로 전락했으니 말이야. 예를 들자면 여기서 지내는 동안은 내내 식탁에 까는 덮개가 달랑 한 장뿐이었어. 너무 자주, 오래 사용해서 이젠 무척이나 더러워.

판 단 아저씨 부부는 겨울 내내 침대 시트 한 장으로 버텼어. 가루비누가 많지 않아서 빨래를 할 수가 없었거든. 아빠의 바지는 낡았고, 엄마의 코르셋은 수선도 할 수 없는 상태로 찢어졌어. 언니는 자기 체형보다 두 사이즈나 작은 브래지어를 하고 있어. 언니하고 엄마는 겨울 내내 속옷 세 벌을 나눠 입었는데, 내 속옷은 너무 작아졌어. 내 속바지부터 아빠의 면도용 솔에 이르기까지 우리 물건은 모두 낡아버렸어. 어떤 때는 우리가 과연 전쟁 전의 수준으로 돌아갈 수 있다는 희망이 있기나 한 건지 걱정이 될 때도 있어.

판 단 아저씨는 1943년 말까지는 숨어 있어야 할 거라고 생각하나 봐. 그때까지 기다리는 것도 길지만 그때 가서 꼭 전쟁이 끝난다고 누가 보장하겠어?

1943년 5월 19일 화요일

사랑스러운 키티,

 날이 더워졌어. 그래도 쓰레기를 태우려면 하루 걸러 한 번씩 불을 지펴야 해. 창고에서 일하는 사람들이 볼지도 모르니까. 쓰레기통에다가는 아무것도 버리면 안돼. 그랬다가는 꼬리를 잡힐 수도 있으니까.

 어젯밤에 포성이 너무 심해서 엄마가 창문을 닫으셨어. 그런데 고양이한테 물리기라도 한 듯이 판 단 아줌마가 침대에서 벌떡 뛰어나오는 소리가 들렸어. 그리고는 큰 폭발음이 들렸는데 꼭 내 침대 바로 옆에 소이탄*이 떨어진 것만 같았어.

 "불 켜! 얼른!" 내가 소리 질렀어.

 아빠가 램프를 켜셨지. 방에 불길이 타오를 거라고 예상했지만 아무 일도 없었어. 무슨 일인가 보려고 계단으로 달려갔지. 판 단 아저씨는 근처에서 불이 났다고 생각했지만, 판 단 아줌마는 바로 우리 건물에 불이 났다고 했어. 사실은 아무 일도 아니어서 곧 다들 잠자리에 들었지.

 15분 후에 다시 포격 소리가 들리자 판 단 아줌마가 또 침대에서 뛰어나왔어. 판 단 아저씨도 더는 부인을 달래주지 않았는지, 아주머니는 곧장 아래층 뒤셀 씨 방으로 갔어. 뒤셀 씨는 "내 침대로 와라, 우리 아가!"라고 환영해주었지. 모두들 웃음을 터뜨리자,

---

소이탄
사람이나 시가지·밀림·군사시설 등을 불태우기 위한 탄환류.

더 이상 포성소리도 무섭지 않았어.

안네가

1943년 6월 13일 일요일

사랑스러운 키티,

내 생일에 아빠가 시를 써주셨는데 너무 훌륭해서 혼자 보기에
는 정말 아까워. 일부만 여기다가 써 볼게.

넌 우리 중에서 가장 어리지만 이젠 어린애가 아니란다.

네 생활이 힘들 수도 있을 거야.

다들 너를 가르치려고만 드니 끔찍하고 지겹겠지.

"우린 경험이 있어! 그러니까 배워!"

"너도 알겠지만 우린 이미 다 겪은 거라고."

너는 온종일 책을 읽고 공부하면서

이 지루함을 쫓아버리고 싶어하지.

하지만 무엇보다 어렵고 참기 힘든 문제는 바로,

"도대체 뭘 입어야 하지?" 바로 이거란다.

시가 꽤 길어서 많이 생략했어. 어쨌든 훌륭한 시야. 다른 사람
들도 모두들 나를 떠받들어주고 좋은 선물도 많이 주었어.

안네가

1943년 7월 11일 일요일

키티,

속기 공부를 그만두기로 했어. 우선 그래야 다른 공부를 할 시간이 생기고, 또 요즘 들어 시력도 많이 나빠졌거든. 심한 근시가 되어서 사실은 이미 오래 전부터 안경을 써야 했거든. (안경을 쓰면 끔찍해 보이겠지!) 어제 엄마가 클레이만 부인과 함께 전문의에게 가보면 어떻겠느냐고 하셨어. 밖에 나가서 거리를 걷는다는 생각만으로도 사지가 덜덜 떨려서, 그런 장면은 상상조차 안 될 지경이야. 쉬운 일은 아닐 거야. 미프 씨가 여기 온 김에 나를 곧바로 거기 데려갈 수도 있었겠지만, 그런 일은 두 가족 모두 찬성해야 해. 어떤 결론이 날지 궁금하지만, 실현될 수 있을 것 같지는 않아.

영국군이 시칠리아에 상륙했는데, 아빠는 전쟁이 거의 끝난 거나 다름없다고 생각하셔.

안네가

1943년 7월 16일 금요일

사랑스러운 키티,

또 한 번 건물 침입 소동이 있었는데, 이번에는 진짜였어! 아침에 페터가 여느 때처럼 창고로 내려갔다가 창고문과 거리로 향한 문이 모두 열려 있다고 알려왔어. 아빠는 당장 사장실로 가서 라디오를 독일 방송국 주파수로 맞춰 놓으셨어.

11시에 클레이만 씨가 우리를 보러 올라왔어. 도둑들이 쇠지레로 문을 따고 창고로 들어왔다고 했어. 40길더*가 들어있는 현금 두 상자와 백지수표책 몇 권, 설탕 330파운드 정도의 배급표를 훔쳐갔대. 설탕 배급표가 없어진 것이 가장 큰일이야. 그게 우리가 가진 전부였거든. 이제 아마 설탕은 보기 힘들어질 거야.

안네가

1943년 7월 23일 금요일

다시 밖에 나갈 수 있다면 각자 하고 싶은 것이 뭔지 말해 줄게. 언니와 판 단 아저씨는 반 시간 이상 뜨거운 물에 들어가 목욕을 하고 싶어해. 판 단 아줌마는 케이크가 먹고 싶다고 하고, 뒤셀 씨는 부인과 다시 만날 생각뿐이야. 엄마는 진짜 커피를 마시고 싶어서 죽을 지경이고, 아빠는 포스콰일 씨에게 문병을 가고 싶어하셔. 페터는 시내를 돌아다니고 싶어하고, 난 너무 좋아서 무엇부터 해야 할지 알 수 없을 거야.

무엇보다 다시 우리 가족만의 집에서 살고 싶어. 또 어디든지 자유롭게 가고 싶고, 내 숙제를 봐주는 사람이 있었으면 좋겠어. 심지어는 다시 학교에도 다니고 싶다니까.

길더
네덜란드 화폐 단위로 1길더는 100센트이다.

1943년 7월 26일 월요일

키티,

어제는 아주 시끄럽고 혼란스러운 하루였어. 아직도 다들 흥분해 있지. 하루 종일, 또 한밤중까지 폭격이 있었어. 새벽 2시가 되어서야 비행기 소리가 사라지고 포성도 잦아들었어. 나는 2시 반이 지나서야 잠이 들었어.

7시에 일어나서 판 단 아저씨가 아빠에게 하는 말을 들었어. '만사가 어쩌고…' 하는 소리에 도둑이 몽땅 훔쳐갔구나 싶었지. 그런데 그게 아니었어. 이번에는 좋은 소식이었어. 몇 달 만에 들은 최고의 소식이야. 뭇솔리니가 물러나고 이탈리아 국왕이 정권을 잡았대. 끔찍한 일이 많았던 어제와 달리, 마침내 전쟁이 끝나고 평화가 오리라는 희망을 품을 수 있게 된 거야.

안네가

1943년 8월 10일 화요일

사랑스러운 키티,

모두들 예쁜 내 새 신발을 보고 있어. 미프 씨가 27.50길더라는 싼값에 어렵게 구해온 신발인데, 스웨이드와 가죽 재질에 굽이 중간 정도인 진홍색 하이힐이야. 이걸 신으면 키도 훨씬 더 커 보여.

어제는 수난의 연속이었어. 끝이 무뎌진 큰 바늘에 오른손 엄지를 찔렀는데, 정말 아팠어! 하지만 그 덕택에 좋은 일도 생겼지. 나 대신 언니가 감자를 벗겨야 했거든. 다음에는 찬장 문에 머리를 너무 세게 부딪혀서 거의 뒤로 넘어질 뻔했어. 덕분에 눈 위에 커다란 혹을 달게 되었지. 또 진공청소기에 오른쪽 새끼발가락이 끼였어. 피가 나고 아팠지만 머리가 띵하고 엄지가 얼얼하다 보니, 미처 발가락까지는 신경을 쓸 수도 없었어. 그 때문에 발가락이 곪고 말았으니 바보 같은 짓을 한 셈이 됐지. 발가락에 붕대를 감는 바람에 예쁜 새 신발을 신을 수가 없게 됐어.

안네가

1943년 9월 10일 금요일

사랑스러운 키티,

좋은 소식이 있어. 9월 8일 수요일에 7시 뉴스를 듣고 있는데 아나운서가 말했어. "전쟁이 시작된 이래 최고의 소식입니다. 이탈리아가 항복했습니다."

나쁜 소식도 있었어. 클레이만 씨가 위장수술로 병원에 입원해서 4주 후에나 퇴원할 수 있대. 언제나 쾌활한 분이기 때문에 다들 보고 싶어할 거야.

안네가

1943년 9월 16일 목요일

사랑스러운 키티,

은신처 사람들의 관계가 갈수록 악화일로야. 불안과 우울증을 달래보려고 신경안정제를 복용하지만 여전히 비참한 기분이야. 실컷 웃는 게 약보다 훨씬 더 효과가 있겠지만, 이제 아무도 안 웃어. 어떻게 웃는지도 잊어버린 것 같아. 다른 사람들도 비참한 기분이긴 마찬가지야. 모두들 다가오는 겨울을 두려워하고 있어.

걱정거리가 또 생겼어. 창고에서 일하는 판 마런 씨가 별채에 의혹을 갖기 시작했어. 그 사람은 믿을 만하지 않고 꼬치꼬치 캐묻는 걸 좋아해서 얼렁뚱땅 속여 넘기기가 쉽지 않을 것 같아.

안네가

1943년 10월 29일 금요일

나의 사랑스러운 키티,

판 단 아저씨 부부는 돈이 빠듯해지니까 그 문제로 자꾸 싸우시나 봐. 판 단 아저씨의 옷가지를 내다 팔려고 했는데 사려는 사람이 없었대. 그래서 아저씨는 아주머니의 모피코트를 팔아달라고 클레이만 씨에게 부탁했어. 17년이나 입은 토끼털 코트인데 325길더라는 엄청난 가격을 받았어. 아주머니는 전쟁이 끝나면 새 옷을 사려고 그 돈을 안 쓰고 간직하고 싶으신가 봐. 아저씨는 생활비로 써야 한다며 아주머니를 설득하느라 오랫동안 진땀을 뺐고, 곧 고함소리와 욕설이 난무했지.

식욕이 없다는 것만 빼면 난 잘 지내고 있어. 특히 일요일이면 신경과민 증세가 심해져서 너무 힘들어. 그럴 땐 정말 비참해져서, 부모님이나 언니도 나에게 전혀 중요하지 않은 사람들처럼 느껴져. 난 이 방 저 방 헤매고, 새장에 갇힌 새처럼 층계를 오르락내리락하지. '신선한 공기와 웃음이 넘치는 곳으로 날 좀 풀어줘!'라고 마음속에서 외치는 소리가 들려. 잠도 부쩍 늘었어. 잠을 자면 숨막히는 침묵과 공포를 잊고 시간을 때울 수 있으니까.

1943년 11월 8일 월요일 저녁

사랑스러운 키티,

난 우울한 성격인 데다 겁쟁이야. 공포를 떨칠 수가 없어. 저녁에 베프가 와 있을 때 초인종이 정말로 오래도록 크게 울렸어. 나는 얼굴이 창백해지고 속이 쓰리고 가슴이 마구 뛰었어. 너무 두려웠거든. 밤에 자려고 누우면, 아빠도 엄마도 없는 어두운 감옥에 갇힌 꿈을 꿔. 거리를 배회하거나 별채에 불이 나는 꿈도 꾸지. 한밤중에 '그들'이 들이닥쳐서 우리를 잡아가는 꿈도 꿔. 그러면 숨기 위해 침대 밑으로 기어들어가지. 그런 꿈이 모두 현실처럼 너무나 생생해. 그리고 또 금방이라도 현실로 다가올까 봐 두려워.

안네가

1943년 11월 17일 수요일

사랑스러운 키티,

어제는 뒤셀 씨가 별채 은신처에 합류한 지 1년 되는 날이었어. 판 단 아줌마가 몇 주 전부터 맛있는 거라도 한턱 내라고 은근히 압력을 가했지. 하지만 아저씨는 모두에게 감사하다는 말 한 마디 없었고, 엄마에게만 화분을 하나 주었어. 아저씨가 제 정신이 아닌 게 틀림없어. 아저씨는 뭐든 잘 잊어버리고 뚜렷한 주관이나 상식도 부족해. 간단한 말도 제대로 전달하지 못하고 말할 때마다 서로 다른 내용을 엉뚱하게 섞어 말해서 자주 놀림거리가 되거든.

안네가

1943년 12월 6일 월요일

사랑스러운 키티,

성 니콜라스 축일이 다가올수록 선물로 가득 찼던 작년의 그 바구니가 생각이 나. 올해는 전혀 명절다운 일이 없을 거라고 생각하니 정말 끔찍했지. 그래서 묘안을 짜내서 아빠에게 내 생각이 어떠냐고 여쭈어봤지. 우리는 사실 일주일 전부터 한 사람, 한 사람을 위한 시를 쓰는 일에 착수했어. 일요일 저녁 7시 45분에 우리는 커다란 빨래바구니를 들고 위층으로 올라갔어. 바구니를 분홍색과 파란색 종이 리본으로 장식하고, 바구니 위에는 커다란 갈색 포장지를 덮고 메모를 붙여 놨어. 내가 메모지를 떼어서 큰소리로 읽었어. 그 마지막 부분은 이래.

'… 그래도 오늘이 성 니콜라스 축일이라는 것을 잊지 말아요.

서로 나눠줄 건 하나도 없지만

그 대신 뭔가 다른 할 일을 찾아내야 해요.

자, 그럼 이제 모두 각자 자기 신발 속을 보시길!'

사람들은 바구니에서 자기 신발을 꺼내면서 모두들 웃었어. 신발 안에는 각자의 이름이 적힌 작은 종이꾸러미가 들어 있었거든.

안네가

1943년 12월 22일 수요일

사랑스러운 키티,

그동안 독감에 걸렸었어. 여기서는 아프다는 게 정말 끔찍한 노릇이지. 기침이 나올 때마다 담요 밑에 머리를 파묻어야 하니까. 하루 종일 기침이 나왔지만 이제 좀 좋아졌어. 키가 1인치 정도 자랐고 체중도 1킬로그램 정도 늘었어. 아직 얼굴은 홀쪽하지만 얼른 다시 책을 읽고 싶어.

지금은 모두들 서로 잘 지내고 있어. 잘 다투지 않아. 물론 좀 있으면 그러다 말고 다시 싸우기 시작하겠지만. 적어도 지난 6개월간은 은신처에 이런 평화가 없었던 것 같아.

크리스마스를 맞이해서 특별히 식용유와 과자를 살 거야. 하누카를 기념해서는 뒤셀 씨가 판 단 아줌마와 엄마에게 예쁜 케이크를 선물로 주었어. 언니와 나는 반짝이는 브로치를 선물로 받았어. 정말 예뻐. 우리를 도와주시는 미프 씨와 베프 씨께도 크리스마스 선물을 준비했어. 지난 한 달 동안 오트밀 죽에 넣지 않고 아껴 둔 설탕으로 클레이만 씨가 과자를 만들어 주었어. 미프 씨와 베프 씨가 좋아해주길 바라.

날씨가 우중충하고 난로에서 고약한 냄새가 진동해. 전쟁은 교착 상태고 다들 기운이 바닥에 떨어졌어.

안네가.

1943년 12월 24일 금요일

키티,

다들 변덕스러워질 때가 있지만, 특히 내가 요즘 그래. 어떤 때는 굉장히 발랄한 상태에 있다가도 또 어떤 때는 완전히 비참해지곤 하거든. 다른 유태인 아이들과 비교해서 얼마나 운이 좋은지 생각하면 행복해져. 그러다가 자기 딸이 하키클럽을 다니는데 오후에는 친구들과 차를 마신다고 말하는 클레이만 부인의 이야기를 들으면 한없이 불행해져. 요피 클레이만을 질투하는 건 아니야. 그래도 재미있는 시간을 보내면서 배가 아플 만큼 실컷 웃어보고 싶은 마음이 너무 간절해.

밖에 사는 사람들이 우릴 방문할 때마다 나도 모르게 이렇게 자문해. '언제 다시 신선한 공기를 마실 수 있을까?' 담요에 얼굴을 파묻고 싶지만 머리를 치켜들고 행복한 척해야 해. 하지만 이런저런 생각이 자꾸만 떠올라. 한 번뿐이 아니고 자꾸자꾸 말이야.

자전거를 타고 춤추고 휘파람 불면서 세상을 바라보고 젊음과 자유를 느끼고 싶어. 그래도 이런 마음을 내보여서는 안 돼. 사람들이 나를 그저 재미만 바라는 십대 소녀로 보는 건 싫거든. 나를 정말로 이해해줄 수 있는 엄마가 있었으면 좋겠어. 나중에 내 아이들에게는 어떤 엄마가 될지 상상해보곤 해. 난 정말로 아이들의 이야기에 귀를 기울이고 아이들을 이해하려고 애쓰는 엄마가 될 거야.

안네가

3부

1944년 1월 ~ 8월

행복한 사람은 다른 사람들까지 행복하게 만들지.
용기와 믿음이 있으면 절대로 비참하게 죽지는 않을 거야.

-1944년 3월 7일-

1944년 1월 6일 목요일

사랑스러운 키티,

고백할 일이 두 가지가 있어. 시간이 좀 걸리더라도 누구에게든 꼭 털어놔야겠어.

첫째는 엄마에 대한 거야. 너도 알겠지만 엄마에 관해 불평을 늘어놓다가도 다시 착한 딸이 되려고 노력하지. 그런데 갑자기 엄마의 문제를 알게 됐어. 엄마는 언니하고 나를 딸이라기보다 친구처럼 생각한다고 말씀하시는 거야. 물론 좋은 일이지만 친구가 엄마의 자리를 대신할 수는 없어. 난 훌륭한 본보기가 되어주고 존경할 만한 엄마가 필요해.

둘째는 페터에 대한 거야. 이야기 상대를 간절히 찾아 헤맨 끝에 페터를 의지해보기로 했어. 그 애의 방에 찾아가서 대화를 시작할 구실을 찾고 있었는데, 어제 드디어 그 기회를 잡았지. 내가 페터의 십자낱말풀이 문제를 푸는 작업을 거들다 보니 결국 탁자에서 서로 마주보며 앉게 되었지.

페터의 짙고 푸른 눈을 들여다보았더니 기분이 좋아졌어. 내가 찾아와서 수줍어하고 또 어떻게 행동해야 할지 난처해하는 기색이 역력했어. 그래서 그런지 내 자신이 더욱 상냥해지는 것 같았고 또 이렇게 말하고 싶었어. "너에 대해 말해줘. 내가 겉으로는 수다쟁이처럼 보이지만 속으로는 안 그래."

그런다고 내가 페터를 사랑한다고 생각하면 그건 아니야. 사랑하는 건 아니니까. 판 단 아저씨 부부에게 아들 대신 딸이 있었다면 그 딸하고도 친구가 되려고 애썼을 거야.

아침 7시 직전에 눈을 떴는데 어떤 꿈을 꾸고 있었는지, 깨고 나서도 꿈이 영 지워지지 않아. 페터르… 페터르 스히프였어. 굉장히 생생한 꿈이었어. 우리는 서로를 쳐다보았어. 난 오랫동안 벨벳 같은 그 애의 갈색 눈을 바라보았어. 그러더니 페터르가 아주 부드럽게 말하는 거야. "진작 알았더라면 내가 너에게 갔을 거야." 그러다 고개를 돌렸는데 그때 그 애의 부드럽고 서늘한 뺨이 내 뺨에 닿는 촉감이 느껴졌어. 너무나 황홀했지….

바로 그 시점에서 잠이 깨고 말았어. 그 애를 잃어버린 슬픔에 눈물이 고였어. 그나마 내가 정말로 사랑하는 사람은 페터르 스히프라는 걸 확인할 수 있게 되어서 기뻤어.

안네가

1944년 1월 7일 금요일

사랑스러운 키티,

난 바보야. 내게 유일했던 진짜 사랑 이야기를 깜빡 잊고 한 번도 안 했잖아. 어렸을 때 살리 킴멜이라는 친구가 있었는데, 그 애의 사촌 중에 검은 머리에 잘 생긴 아피라는 남자애가 있었어. 우리 셋은 오랫동안 가장 친한 친구였어. 그러다가 내가 페터르를 만난 거야. 난 페터르한테 홀딱 반했어. 그 애도 나를 좋아해서 여름 내내 어디든 같이 다녔지. 그 애는 모두의 이상형이었어. 키가 크고 호리호리하고 잘 생긴 데다가 검은 머리에 아름다운 갈색 눈까지. 그 애가 웃기라도 하면 미칠 것 같았어.

여름방학이 끝나갈 무렵에 그 애는 이사를 갔고, 그래서 더는 만나지 못하게 됐지. 몇 년이 지나면서 페터르는 자기 또래 여자애들과 어울려 다니고 나에게는 말도 걸지 않았어. 후에 헬로가 나를 많이 좋아했지만 다시는 사랑에 빠지지 않았지.

오늘 아침에 난 아무것도 변하지 않았다는 걸 깨달았어. 아직도 페터르 스히프를 사랑하고 앞으로도 언제까지나 그럴 거야. 하루 종일 그 애만 생각하면서 중얼거렸어. "오, 페터르, 내 사랑…"

1944년 1월 12일 수요일

사랑스러운 키티,

요즘 춤과 발레에 흥미가 생겨서 아침마다 스텝을 연습하고 있어. 엄마의 보랏빛 레이스가 달린 속옷으로 무용 의상도 만들었어.

마르호트 언니는 예전과 많이 달라져서, 훨씬 친절해졌어. 요즘은 심술도 부리지 않고 진짜 친구 같아. 나를 어린애 취급도 하지 않고 말이야.

1944년 1월 22일 토요일

사랑스러운 키티,

페터르 꿈을 꾼 이후로 내가 부쩍 성숙해진 것 같아. 더욱 독립적이 되었거든.

심지어는 판 단 아저씨 부부에 대한 태도도 변했어. 우리 가족의 관점에서 그 분들의 말다툼을 평가하던 습관도 버렸어. 부모님과 똑같이 생각하지 않고 나만의 의견을 만들고 싶어. 판 단 아저씨 가족에 대해서도 뭐가 옳고 그른지 스스로 판단을 내리고 싶다는 뜻이야.

안네가

1944년 2월 3일 목요일

사랑스러운 키티,

상륙작전에 대한 이야기가 부쩍 많아지고 있어. 신문에도 온통 상륙작전 소식뿐이야. 영국이 네덜란드에 상륙할 경우에는, 상륙하는 적을 막기 위해 독일이 네덜란드에 홍수를 일으킬(제방을 무너뜨려) 수도 있다는 식의 기사에 다들 화가 나서 미치려고 해. 신문에는 예상 침수지역을 표시한 지도까지 실렸어. 물이 범람하면 어떻게 해야 하나 다들 걱정하고 있어.

우리가 나눈 대화의 세세한 내용은 쓰지 않을게. 나는 아주 태평해져서, 죽든 살든 신경을 쓰지 않는 단계까지 이르렀어. 이 세상은 나 없이도 계속 돌아갈 거야. 내 힘으로는 아무것도 바꿀 수 없으니, 결국엔 그냥 모든 것이 잘 해결되기만을 바랄 수밖에.

안네가

1944년 2월 12일 토요일

사랑스러운 키티,

태양이 빛나고 푸른 하늘은 맑게 개이고 상쾌한 산들바람까지 불어.

모든 것이 정말 그리워. 이야기, 자유, 친구, 혼자 있는 것, 우는 것까지도… 그리워. 폭발할 지경이야. 울고 나면 좀 나아지겠지만 마음대로 울 수도 없어. 이 방 저 방 돌아다니지. 그래도 진정이 안 돼. 봄이 다가오고 있다는 걸 내 온몸과 마음으로 느끼고 있어. 억지로라도 정상적으로 행동하려고 노력하고 있어. 너무 혼란스러워서 뭘 읽어야 할지, 뭘 써야 할지, 뭘 해야 할지 모르겠어.

나 자신이 무언가를 바라고 있다는 것만 알겠어…

안네가

1944년 2월 14일 월요일

사랑스러운 키티,

일요일 아침에 페터가 나를 계속 쳐다본다는 걸 깨달았어. 평상시와는 다르게 쳐다보는 거야. 뭐라고 설명을 할 수는 없었지만 행복했어. 내가 생각한 것처럼 그 애가 언니를 좋아하고 있는 건 아니라는 생각이 갑자기 들었어. 페터를 너무 자주 쳐다보지 않으려고 하루 종일 노력했어. 하지만 내가 어디 있든지 간에 그 애는 나를 쳐다보다가 들키곤 해. 음, 속으로 기분이 너무 좋았어.

안네가

1944년 2월 16일 수요일

하루 종일 페터와 서로 이야기를 할 기회가 별로 없었어. 너무 추워서 다락에도 올라가기가 그랬고, 또 언니 생일이기도 했거든. 12시 30분에 페터가 언니의 선물을 구경하러 왔다가 한참 동안 남아서 나하고 이야기를 나누게 되었어. 나도 나중에 감자를 가지러 다락에 올라갔지. 그러려면 페터의 방을 지나가야 하기 때문에, 올라가 있는 동안 다락으로 통하는 문을 닫고 있어야 하느냐고 물었어.

"그래. 그렇게 해. 내려올 때 문을 두드리면 열어줄게."

다락에서 10분 정도 가장 작은 감자들을 골랐어. 등이 아팠고, 다락이 또 왜 그렇게 추운지. 일부러 노크를 안 하고 나 혼자 문을 열었더니 페터가 일어나서 감자를 담은 냄비를 받아줬어.

"열심히 찾았는데 더 작은 건 못 찾겠어."

페터는 냄비를 들여다보고 말했어. "음, 아주 괜찮은데. 잘했어!" 이 말을 하면서 페터가 너무 따뜻한 시선으로 나를 바라봐주어서 가슴속부터 따뜻해지는 기분이었어. 그 애가 나를 즐겁게 해주려고 한다는 걸 알 수 있었지. 하지만 페터는 길게 말하는 데는 서투르거든. 아마 그래서 대신 눈으로 자기 생각을 말했을 거야. 그 애의 말소리와 눈빛을 생각하면 행복해져!

나중에 감자를 더 가져올 일이 생겨서 또 올라가야 했어. 일을 마친 후에 온갖 이야기를 나누다가 베프 씨가 오는 바람에 5시 15분에 자리를 떴어.

그날 저녁에 페터가 멋진 말을 했어. 예전에 내가 준 영화배우 사진에 관해 이야기하던 중이었는데, 페터가 그 사진을 너무 좋아하기에 더 주겠다고 했더니, 그 애는 이렇게 말하는 거야. "괜찮아. 지금 이 사진으로도 충분해. 매일 들여다보다가 이제는 사진 속 사람들하고 친구가 되었으니까."

페터가 왜 무치를 그렇게 꼭 끌어안는지 알겠어. 그 애도 애정이 필요한 거야.

안네 프랑크

1944년 2월 18일 금요일

나의 사랑스러운 키티,

기대할 일이 생기고 나니 내 생활도 많이 즐거워졌어. 적어도 그 애는 늘 그 자리에 있고 여기서는 연적에 신경을 쓸 필요도 없으니까. 그렇다고 내가 사랑에 빠졌다고는 생각지 않아. 그런 건 아니야. 하지만 페터와 나 사이에 뭔가 아름다운 일이 진행되고 있다고 느껴져. 최소한 우정과 신뢰 같은 것 말이야. 기회가 생길 때마다 페터를 찾아가곤 하거든. 엄마는 내가 위층에 올라가는 걸 싫어하셔. 그건 페터를 귀찮게 하는 거니까 그냥 조용하게 놔두라고 늘 말씀하시지. 아래층으로 내려오면 엄마는 항상 나더러 어디 있다가 오는 거냐고 물어보셔. 제발 좀 그러지 않으셨으면!

안네 M. 프랑크

89

1944년 2월 19일 토요일

사랑스러운 키티,

다시 토요일이야. 위층에서 한 시간 동안 미트볼을 만들었지만 그 애와는 이야기를 몇 마디밖에 나누지 않았어. 점심을 먹고 모두들 위층에 올라가서 책을 읽거나 낮잠을 잤어. 나는 사장실로 내려가서 책을 읽었지. 편안하고 따뜻하게 있으려고 담요도 챙겨갔는데, 이상하게 얼마 있지 않아 절망적으로 불행한 기분이 들었어. 그래서 얼굴을 두 팔에 파묻고 실컷 울었지. 그 애가 다가와서 위로해줬다면 얼마나 좋았을까!

4시가 넘어서 위층으로 올라갔어. 5시에는 다락으로 감자를 가지러 가면서 그 애를 만나길 기대했지. 그런데 내가 세면실에서 머리를 매만지는 사이에 그 애는 보슈를 보러 아래층으로 내려가 버렸어. 갑자기 눈물이 쏟아져서 화장실로 달려가서 변기 위에 주저앉았어. 눈물이 떨어져서 빨간 앞치마 위에 검은색 반점들이 번졌어. 뭐라 할 수 없을 정도로 참담한 기분이었어.

이런 생각이 들었어. "아, 이런 식으로는 절대로 페터에게 다가가지 못할 거야. 그 애는 나를 좋아하지 않거나 말할 상대가 필요하지 않은 거야. 페터가 없으면 난 외롭고 희망도 없고 아무 희망도 없어. 아, 그 애의 어깨에 머리를 기대고 이 무기력하고 버림받은 기분을 털어버릴 수 있다면 얼마나 좋을까. 어쩌면 그 애는 나에게 관심도 없는 건지도 몰라. 그 애는 나를 쳐다볼 때와 꼭 마찬가지로 다른 사람들에게도 다정한 눈빛을 보내고 있어. 나에게만 특별한 눈길을 보내는 걸로 착각했나 봐. 아, 페터. 네가 내 말을 들거나, 나를 바라봐 준다면 정말 좋겠어."

잠시 후에 아직도 마음속으로 눈물이 흘러내렸지만 그래도 다시 희망을 품었어.

안네 M. 프랑크

1944년 2월 23일 수요일

나의 사랑스러운 키티,

어제부터 날씨가 좋아져서 그런지 나도 기분이 나아졌어. 아침이면 다락방에 올라가서 신선한 공기를 마시지. 아침에 올라갔더니 페터가 분주하게 청소하고 있었어. 그 애는 청소를 하고 나서 내가 항상 즐겨 앉는 곳으로 와서 내 옆에 앉았어. 우리는 푸른 하늘과 잎이 다 떨어진 밤나무, 그리고 하늘을 가르며 날아가는 새들을 바라보았지. 너무 아름다워서 아무 말도 나오지 않았어. 그저 조용히 앉아서 신선한 공기만 마실 뿐이었지.

한참을 그렇게 앉아 있다가 페터가 위층으로 장작을 패러 갈 때가 되었어. 나도 사다리를 타고 그 애 뒤를 따라서 올라갔지. 그 애가 장작을 패는 15분 동안 우리는 아무 말도 하지 않았어. 페터가 자기 힘을 과시하고 싶어하는 기색이 좀 보였어. 굳이 그렇게 하지 않아도 착하고 좋은 아이라는 걸 내가 이미 아는 데 말이야. 열린 창문 너머로 건물 지붕들과 지평선을 바라봤어. "이 햇빛과 구름

한 점 없는 하늘이 존재하는 한 불행하기만 할 수는 없어." 이런 생각이 드는 거야.

머지않아 이런 행복감으로 벅차오르는 기분을 누군가와 함께 나눌 수 있는 날이 오겠지.

안네가

1944년 2월 28일 월요일

나의 사랑스러운 키티,

잠에서 깨어난 후에도 계속 악몽을 꾸는 것 같아. 매시간 그 애를 보긴 해도 같이 있을 수는 없어. 다른 사람들이 알아차리면 안 되니까. 가슴이 찢어질 것 같은데도 겉으로는 아무렇지도 않은 척을 해야 해.

페터르 스히프와 페터 판 단은 이제 한 사람이 되었어. 착하고 친절한 사람, 내가 간절히 그리워하는 그 사람 말이야.

안네 M. 프랑크

1944년 3월 1일 수요일

사랑스러운 키티,

또 도둑이 들었는데, 이번에는 작년 7월보다 일이 훨씬 복잡했어.

어젯밤에 판 단 아저씨가 퀴흘레르 씨 사무실에 내려갔더니 사무실 문이 둘 다 열려 있었어. 아저씨는 무척 놀라서 좀더 조사해 보다가 골방문도 열려 있고 사무실 바닥이 엉망이라는 사실을 깨달았지. 아저씨는 도둑이라고 생각하면서도 확실히 알아보려고 아래층으로 내려가서 현관문까지 점검했어. 그건 잠겨 있었어. '오늘 저녁 베프 씨와 페터가 깜박한 모양이로군.' 그래서 그냥 그렇게만 생각했대. 아저씨는 잠시 퀴흘레르 씨 사무실에 있다가 위층으로 올라왔어. 문이 열려 있고 사무실이 엉망인 것에 대해서는 그다지 심각하게 생각하지 않았던 거야.

아침 일찍 페터가 현관문이 활짝 열려 있는 데다가 사무실 영사기와 서류가방 하나가 없어졌다고 알려줬어. 판 단 아저씨가 전날 밤에 본 장면을 이야기하자 다들 걱정이 되었어. 이 상황을 설명할 수 있는 건 한 가지 가능성밖에 없어. 억지로 문을 열고 들어온 흔적이 없는 걸 보면 도둑이 열쇠를 가지고 있었던 게 분명해. 몰래 들어와서 문을 닫고 숨어 있다가 판 단 아저씨의 소리를 들은 거야. 도둑은 판 단 아저씨가 위층으로 올라간 후에 서류가방과 영사기를 들고 도망치면서 문을 그대로 열어두었던 거지. 열쇠를 가진 사람이 누구지? 왜 도둑은 창고로 가지 않았을까? 창고 직원 중 하나일까? 도둑이 판 단 아저씨를 보고 또 소리도 들었으니 우리를 경찰에 신고할까?

너무 무서웠어. 도둑이 다시 들어올지도 모르니까. 물론 도둑도 이 건물에 누가 있는 걸 안 이상 겁을 내서 다시 안 올 수도 있지만 말이야.

안네가

추신 : 이 미스터리를 풀어줄 유능한 탐정이 있었으면 좋겠어. 물론 사람들이 숨어 있다는 사실을 밀고하지 않을 정도로 믿을 만한 사람이어야 해.

1944년 3월 2일 목요일

사랑스러운 키티,

과연 사랑이 뭘까? 사랑을 말로 표현할 수는 없을 거야. 사랑은 누군가를 이해하고 배려하고 즐거움과 기쁨을 함께 나누는 거야. 여기에는 결국 육체적인 사랑도 포함되겠지. 무언가를 나눠주고 또 보답으로 무언가를 받지. 결혼을 했든 하지 않았든, 자식이 있든 없든, 그런 건 중요하지 않아. 중요한 건 살아 있는 동안 내내 널 이해해주는 누군가가 옆에 있다는 거야. 또 그 사람을 다른 누구와 공유하지 않아도 된다는 뜻이기도 해.

오후에 페터를 붙잡고 간신히 45분 정도 이야기를 나눌 수 있었어. 페터는 자기 자신에 관한 이야기를 하려 했지만 쉬운 일이 아니었어. 그 애는 너무 내성적이거든.

한참 후에야 이야기를 꺼냈어. 자기 부모님이 정치와 담배, 그 밖의 모든 일에 대해 사사건건 말다툼을 벌인다고 했어. 1, 2년 정도 부모님과 떨어져서 지낼 수 있다면 정말 행복할 것 같다고도 했어.

안네 M. 프랑크

1944년 3월 3일 금요일

나의 사랑스러운 키티,

감자를 가지러 가는데 페터가 나를 멈춰 세우더니 "점심 때 뭐 했어?"라고 물었어. 나는 의자에 앉아서 이야기를 시작했지. 그 덕분에 감자는 5시 15분(내가 가지러 간 지 한 시간이나 지나서야)에 야 부엌에 배달되었지. 페터는 더 이상 자기 부모님 이야기를 하지 않았어. 우리는 책과 예전에 살던 이야기만 했어.

페터는 눈빛이 참 따뜻해. 곧 그 애를 사랑하게 될 것 같아.

저녁 때 그 애가 그 얘기를 꺼냈어. 감자를 다 깎은 후에 페터의 방에 갔을 때, 방이 너무 덥다고 했어. "언니와 내 얼굴만 봐도 기온을 알 수 있을 거야. 날이 추우면 우리는 하얗게 되고 더우면 빨개지니까."

"너 사랑에 빠졌니?" 그 애가 물었어.

"내가 사랑에 빠질 이유라도 있어?"

내가 되물었어. 바보 같은 질문에 바보 같은 대답이었지.

"안 될 건 또 뭐야?" 그 애가 되묻는 사이에 저녁시간이 되었어.

그 애가 무슨 말을 하려고 했는지 모르겠어. 내 수다가 귀찮은 거냐고 물었더니 그 애는아니라고만 대답했어.

키티, 내가 꼭 사랑에 빠져서 애인 이야기만 하는 사람 같지 않아? 페터가 바로 내 애인이고 말이야. 그 애에게 언제쯤이면 이런 이야기를 마음 놓고 할 수 있을까?

안네 M. 프랑크

1944년 3월 4일 토요일

키티,

몇 달 만에 처음으로 지루하지도 우울하지도 않은 토요일이었어. 전부 페터 때문이었지. 아침에 아빠가 페터하고 프랑스어 공부를 하겠느냐고 물으셨어. 페터가 합류해서 한참 동안 프랑스어로 이야기를 했어. 그 다음에는 영어 공부를 했지. 아빠가 큰소리로 디킨스의 소설을 읽어주실 때 나는 아빠 의자에 페터와 나란히 붙어 앉아 있었어. 정말 하늘을 나는 기분이었어.

그러고 나서 페터와 한 시간 이상이나 이야기를 나누었어. 너무나 행복해! 그 애도 나를 사랑하게 될까? 어쨌든 그는 괜찮은 아이이고, 함께 말하는 게 얼마나 기분 좋은지 넌 모를 거야.

판 단 아줌마는 나하고 페터가 이야기하는 걸 나쁘게 생각하지는 않지만 그걸로 자꾸 놀려대. 오늘도 다락으로 가려는데 아주머니가 물었어. "너희 둘만 거기 있게 해도 별 일 없을까?" "물론이죠. 그건 저한테 모욕이에요!" 나는 화가 나서 대답했어. 아침에도, 낮에도, 밤에도 페터를 볼 기회만 기다리고 있어.

안네 M. 프랑크

추신 : 잊기 전에 말해 줄게. 어젯밤만 해도 도시가 온통 눈으로 뒤덮였었는데, 이제 녹아서 남은 게 거의 없어.

1944년 3월 6일 월요일

사랑스러운 키티,

페터의 얼굴을 보면 그 애도 나만큼 생각이 많다는 걸 알 수 있어. 어젯밤에 판 단 아줌마가 그 애를 사색가라고 놀리는데 나까지 기분이 언짢았어. 페터는 창피한 표정이었고, 나도 폭발 일보 직전이었지. 왜 사람들은 입을 다물고 있지 못하는 걸까? 도와주지도 못하고 옆에 서서 그 애가 외로워하는 모습을 보고만 있기가 괴로워. 불쌍한 페터! 페터도 사랑이 필요해. 그 애는 언젠가 어떤 친구도 필요하지 않다고 말한 적이 있었는데, 그건 틀린 이야기야. 진심으로 한 말이라고는 생각하지 않아. 그냥 자기 감정을 숨기고 남자답고 어른스럽게 보이고 싶었던 거야. 그건 겉치레에 불과하고 언제까지나 그럴 수는 없을 거야.

페터! 널 도와줄 수만 있다면. 네가 그걸 허락해주기만 한다면,

네 고독을 함께 털어낼 수 있을 텐데! 그리고 나의 고독까지도!

안네 M. 프랑크

추신 : 키티, 내가 너에게 늘 솔직했다는 건 너도 알 거야. 그러니 내 비밀을 말해 줄게. 나는 요즘 페터와 만나는 낙으로 버티고 있어. 그 애도 나를 죽도록 보고 싶어하는지 어떤지 알고 싶어. 그 애가 수줍어하면서 나를 기다리는 걸 보면 기분이 짜릿해. 자기도 얘기할 때 나처럼 말이 술술 잘 나왔으면 좋겠다고 생각하나 봐. 하지만 그 어색함이야말로 자기 매력이라는 걸 왜 모르지?

1944년 3월 7일 화요일

사랑스러운 키티,

1942년의 내 삶을 돌이켜보면 너무나 꿈같아. 그때의 안네는 지금의 나와는 다른 안네였어. 이 건물 벽 안에 갇힌 채로 철이 들어버린 느낌이야. 옛날은 천국 같았지. 남자친구들과 또래 친구도 많았어. 선생님들도 다들 나를 예뻐해 주셨어. 부모님께서도 내 응석을 다 받아주셨고 용돈도 넉넉히 주셨어. 더 바랄 게 뭐가 있었겠어?

나는 유쾌하고 재미있는 아이였지만 속은 얕은 아이였어. 지금의 이 안네 프랑크와는 전혀 달랐지. 페터가 예전의 나를 보았다면 이렇게 말했을 거야. "넌 볼 때마다 늘 여러 여자애들과 적어도 두 명의 남자애들에게 둘러싸여 있었지. 넌 언제나 웃고 언제나 주목의 대상이었어." 그 애 말이 맞아.

그럼, 예전의 그 안네 프랑크에서 현재 남아있는 게 뭐지? 그때처럼 웃을 줄 모르는 것도 아니고, 원하기만 한다면 시시덕거리며 장난도 칠 수 있어. 하룻밤만, 며칠만, 일주일만 다시 그런 삶을 살고 싶어. 하지만 그 주가 끝나면 녹초가 되고 말겠지. 그러다가 누군가 처음으로 나에게 중요하고 분별 있는 말을 건네는 사람이 있다면 그 사람에게 감사하는 마음이 들 거야. 지금은 인생에 대해 진지하게 생각하고 있어. 평온하던 학창시절은 끝났고, 다시는 돌아오지 않을 거야.

집에서 살 때 내 삶은 햇빛이 가득했었어. 1942년 중반에 은신처로 숨었지. 가족 안에서 차지하던 내 위치를 포함해서 하룻밤 새에 모든 것이 변했어. 서로 다투고 비난하는데, 난 그 어느 것도 이해할 수 없어. 뻔뻔스럽게 말대꾸라도 하지 않으면 버텨나가기가 너무 어려웠어.

1943년 전반기는 눈물과 외로움의 반복이었어. 내가 가진 수많은 결점과 문제점을 깨닫기 시작했어. 하루 종일 수다를 떨고, 아빠와 가까워지려다 실패하기도 했지. 그 해 후반기에는 사정이 약간 좋아졌어. 조금 있으면 열다섯 살이 되고, 사람들도 나를 어른처럼 대해주기 시작했거든. 나는 여러 가지 생각을 하게 되었고 글도 쓰기 시작했지. 내 방식대로 나를 바꾸고 싶었고, 나 자신 말고는 아무도 의지할 수 없다는 걸 깨달았어.

새해가 되고 큰 변화가 생겼어. 페테르 꿈을 꾸기 시작하면서 내가 남자친구를 갖고 싶어 한다는 걸 깨달았지. 그러면서도 행복해지기 위해서 반드시 다른 사람이 필요한 건 아니라는 것도 알았어.

나는 차분해졌고, 아름답고 선한 것을 갈구하는 스스로를 발견하게 되었어. 이제는 오로지 페터만을 위해서 살아. 앞으로 어떤 미래가 펼쳐지더라도 페터는 그 중 한 부분이 될 거니까.

밤에 침대에 누워서 항상 이런 말로 기도를 마치지. "하느님, 선하고 귀하고 아름다운 모든 것에 감사합니다." 그러면 마음까지 즐거워져. 숨어 살면서도 건강하다는 건 '선한 것'이라고 생각해. 미래와 페터의 사랑은 '귀한 것'이야. 이 세계와 그 안의 모든 것은 '아름다운 것'이지.

행복은 노력해서 찾다 보면 언젠가는 발견하게 될 거라고 생각해. 행복한 사람은 다른 사람들까지 행복하게 만들지. 용기와 믿음이 있으면 절대로 비참하게 죽지는 않을 거야.

안네 M. 프랑크

1944년 3월 10일 금요일

나의 사랑스러운 키티,

지금까지 일어났던 온갖 끔찍한 일들에 대해 말해 줄게.

우선 미프 아줌마가 아파. 서부교회에서 열린 헹크와 아페의 결혼식에 갔다가 감기에 걸렸어. 다음으로 클레이만 씨가 위장 출혈로 결근해서 베프 씨가 사무실을 책임지고 있어. 세 번째로 경찰이 어떤 남자를 체포했어. 그 사람 이름은 말하지 않을래. 본인에게도 비극이겠지만 우리에게도 타격이 만만치 않아. 우리에게 감자와 버터, 잼을 공급해주던 사람이거든. 그 사람에게는 열세 살이 채 안 되는 아이가 다섯이나 있고 또 한 명의 아기가 곧 태어날 예정 이래.

어젯밤에도 무서운 일이 있었어. 한참 저녁을 먹는데 누가 옆 건물 벽을 두드리는 거야. 저녁 내내 떨리고 비참한 기분이었어.

안네 M. 프랑크

1944년 3월 12일 일요일

사랑스러운 키티,

여기 사람들이 매일매일 이상해지고 있어. 페터는 어제부터 날 쳐다보지도 않고, 몹시 화가 난 것처럼 행동해. 되도록 그 애를 쫓 아다니지 않고 말도 걸지 않으려고 노력하고 있어. 내겐 쉬운 일이 아니란 말이야!

이렇게 기분이 우울한데도 아무렇지도 않은 척하려니 너무 힘 이 들어. 집안일을 도와주고 다른 사람들 옆에 앉아서 즐겁게 이야 기하고 행동해야 하니 말이야. 너무나 혼란스러운 상황이야. 더군 다나 그 애를 열망하는 마음에 머리가 돌 지경이면서도, 왜 그 애 가 나한테 이렇게 중요한 건지 잘 모르겠어. 밤낮으로 이런 질문만 하고 있지. "그 애에게 혼자 있을 기회를 충분히 주었나? 위층에서 너무 많은 시간을 보낸 건 아닐까? 심각한 얘기들만 너무 떠들어 댔나? 아마 그애는 나를 좋아하지도 않는 건지도 몰라. 이 모든 게 내 상상이었나?"

어제 오후에는 심신이 너무 피곤해서 내 방 소파에 누워 잠을 청했어. 잠이 들면 아무 생각도 안 하게 되겠지? 보통 사람, 보통 여자애라면 이런 식의 자기 연민을 미친 짓이라고 여길 거야. 정말 그래! 너한테 내 불행한 심경을 고백하고, 남은 시간에는 다른 사람들한테서 귀찮은 질문을 받지 않으려고 가능한 한 명랑한 척하고 있어.

언제쯤이면 이 엉켜버린 생각들을 풀 수 있을까? 언제쯤 내 마음에 다시 평안이 찾아올까?   안네가

1944년 3월 16일 목요일

사랑스러운 키티,

퀴흘레르 씨는 독일의 전쟁 준비에 동원되어서 엿새 동안 부역을 나가야 해. 베프 언니는 감기가 심해서 내일 결근할 거야. 미프 아줌마는 아직 독감 증세가 남아 있고 클레이만 씨는 심한 위장 출혈로 그만 의식을 잃었어. 퀴흘레르 씨가 의사에게 진단서를 받을 수 있게 되었으면 좋겠어. 그러면 독일군을 위해 부역을 나갈 필요도 없을 텐데. 모든 것이 엉망진창이야!

이제 곧 다락방에 올라갈 거야. 페터보다 왜 내가 더 불안해하는지 깨달았어. 그 애는 혼자 공부하고 꿈꾸고 잠을 잘 수 있는 자기만의 방이 있어. 난 뒤셀 씨와 방을 함께 쓰는 형편이니까, 아무리 원해도 나만의 공간이 없지. 그래서 내가 다락방을 좋아하는 거야.

거기 가면 잠깐이라도 나 자신으로만 존재할 수 있으니까. 그래도 불평은 하지 않겠어. 씩씩해지고 싶어!

다른 사람들이 내 감정을 몰라서 얼마나 다행인지 몰라. 내 마음과 내 머리가 항상 전쟁을 벌이고 있다는 걸 아무도 눈치채면 안 되거든. 지금까지는 상식이 이겼지만 이제는 내 감정이 이길까 봐 그게 걱정이야.

페터에게 이런 고민을 털어놓을 수 없어서 너무 힘들었어. 하지만 먼저 말을 걸어야 하는 사람은 페터여야 한다고 믿어. 내 생각과 감정을 글로 쓸 수 있어서 다행이야. 내가 생각하는 이 모든 것을 페터가 어떻게 생각할지 궁금해. 언젠가 이런 고민을 그 애와 함께 이야기할 수 있겠지. 하지만 페터처럼 평화와 고요를 사랑하는 사람이 과연 나처럼 시끄러운 사람을 참을 수 있을까?

안네가

1944년 3월 17일 금요일

사랑하는 키티,

결국 모든 것이 좋아졌어. 베프 언니의 감기는 독감이 아니었고 퀴흘레르 씨는 진단서를 받고 군역에서 면제되었어. 그 소식에 모두 안도했지.

안네 M. 프랑크

1944년 3월 19일 일요일

사랑스러운 키티,

어제는 특별한 날이었어. 그날 대부분은 평상시와 다름없었지. 하지만 5시에 감자를 전부 깎았더니 엄마가 페터에게 블러드 소시지를 좀 갖다 주라고 하셨어. 처음에는 가고 싶지 않았지만 결국 갔어. 그 애가 소시지를 안 받으려고 하는 바람에, 갑자기 그런 상황을 참을 수 없어서 눈물이 절로 났어. 접시를 다시 엄마께 가져다 드리고 화장실로 가서 실컷 울었어. 결국 페터와 속 시원히 이야기를 해야겠다고 결심하고는, 식사를 하려고 모였을 때 그 애에게 작은 목소리로 물어봤어. "밤에 속기 공부할 거야, 페터?"

"아니." 페터가 대답했어.

"그럼 나중에 너하고 이야기를 좀 나누고 싶어." 내가 말했더니 그 애도 좋다고 했어.

뒷정리를 마치고 그 애 방으로 올라갔어. 왜 소시지를 받지 않았냐고 물었더니 너무 좋아라 받는 게 점잖아 보이지 않아서 그랬다고 하더라. 그 대답에 기분이 한결 나아졌어.

아래층에 내려가서 물을 마시고 날이 더워서 바람 쐬러 다시 위층으로 올라갔어. 페터가 자기 방 창을 열어놓고 그 한쪽에 서 있어서 난 그 맞은편으로 갔지. 환한 대낮보다는 어스름한 시간에 활짝 열린 창문가에서 말하는 게 훨씬 편했어. 페터도 같은 기분이었나 봐. 둘이서 너무 많은 이야기를 나누어서 여기 다 쓰지 못할 정도야. 은신처에 들어온 이래 최고로 멋진 저녁이었어.

우리는 부모님에 대한 감정과 말다툼에 관해서 이야기했어. 엄마, 아빠, 언니, 나 자신에 대해 말했지. 그 애가 물었어. "너희 가족은 언제나 잠자리에 들기 전에 뽀뽀를 한 번씩 하지, 안 그러니?"

"한 번? 수없이 하지. 너흰 안 그러더라, 그렇지?"

"응, 누구에게도 뽀뽀해 본 적 없어."

"생일에도?"

"아, 생일에는 했지."

우리 둘 다 부모님을 신뢰할 수 없다고 털어놓았어. 그 애는 자기 부모님이 서로 사랑하고 있고, 자기가 당신들에게 속내를 털어놓기를 바라시지만 정작 자기는 그럴 생각이 없대. 난 마음이 답답할 때면 침대에서 목 놓아 운다고 했더니 그 애는 다락에서 욕을 하면서 분을 삭힌대.

1942년에는 우리가 지금과 얼마나 달랐는지에 대해서도 말했어. 그때는 우린 서로를 못마땅해 했지. 그 애는 우리 부모님에게 나하고 언니가 있어서 다행이라고 했어. 나도 그 애가 여기 있어서 너무 기쁘다고 했지. 그 애의 부모님이 싸울 때마다 도와주고 싶은 심정이라고도 했어.

"넌 언제나 도움이 되었는걸!"

"어떻게?"

"넌 늘 명랑하니까."

그 날 밤 그 애가 한 말 중에서 가장 근사한 말이었어. 그 애는 내가 자기 방에 찾아오는 게 성가시지 않고 오히려 좋다고 했어.

페터와 비밀을 공유하고 있다는 기분이 들어. 그 애가 나에게 미소를 지으면 가슴속에서 환한 불이 켜지는 것 같아. 계속 이런 식으로 우리 관계가 유지되어서 둘이 함께 보내는 행복한 시간이 많았으면 좋겠어.

감사하고 행복한 안네가

1944년 3월 23일 목요일

사랑스러운 키티,

모든 것이 어느 정도 정상으로 돌아가고 있어. 미프 아줌마는 어제부터 다시 출근했는데, 오늘은 남편이 독감에 걸렸대. 베프 언니는 아직 기침을 하긴 해도 꽤 좋아졌어. 클레이만 씨는 당분간 안정을 취해야 한대.

어제 페터와 어쩌다 성에 대해서도 이야기하게 되었어. 오래 전부터 그 애에게 물어보려고 마음먹은 것이 몇 가지 있었거든. 언니도 나도 이런 문제에 대해 잘 모른다고 했더니 그 애는 깜짝 놀라더라. 궁금한 건 뭐든지 알려주겠다고 했어. 이런 문제에 대해 털어놓고 말하게 될 줄은 그 애도 나도 정말 몰랐어. 이제 난 모든 걸 알게 된 느낌이야.

어젯밤에 화장실에서 언니가 아는 여자애들 얘기를 하면서 수다를 떨었어. 그런데 아침에 아주 끔찍한 일이 생겼어. 페터가 위층으로 오라고 부르더니, "넌 나에게 야비한 장난을 치고 있어. 어젯밤 화장실에서 네 언니하고 떠드는 걸 다 들었어. 넌 내가 얼마나 아는지 알아내서 비웃는 거지!"라고 씩씩거리는 거야.

그 말에 충격을 받았어. "그게 아니야, 페터. 내가 왜 그러겠어. 우리가 말한 건 절대로 다른 사람에게 말하지 않겠다고 했잖아. 그 약속은 꼭 지킬 거야."

결국 그 애는 내 말을 믿는다고 했지만, 이 이야기를 페터와 다시 한 번 확실히 해둬야 할 것 같아. 하루 종일 아무 일도 못하고 불안했어. 그 애가 나서서 자기 마음속에 있는 생각을 곧바로 말한 건 좋았어. 나를 형편없는 애라고 생각하고 아무 말도 하지 않고 있었다면 어땠을지 상상해봐. 난 이제 뭐든지 그 애에게 말할 거야.

안네가

1944년 3월 28일 화요일

나의 사랑스러운 키티,

오늘은 너에게 할 말이 많아. 판 단 아주머니가 우리 사이를 시샘하니까 페터의 방으로 올라가지 말라고 엄마가 말씀하셨어. 두 번째로 페터는 언니더러 나하고 같이 위층으로 오라고 했어. 왜 그러는지는 나도 몰라. 세 번째로 아주머니의 시샘에 어떻게 대처해야 하느냐고 물었더니 아빠는 그냥 신경 쓰지 말라고 하셨어.

어떻게 해야 하지? 엄마는 뒤셀 씨와 함께 쓰는 방에서 내가 조용히 공부나 하면서 시간을 보내길 바라셔. 엄마도 약간 질투가 나시는 모양이야. 엄마는 내가 페터를 사랑한다고 생각하셔. 그 애가 나만 쳐다보니까 말이야. 솔직히 말해서 그 애가 날 사랑했으면 좋겠어. 그러면 서로를 알아가는 과정이 훨씬 쉬워질 것 같아.

아주 괴로운 상황이야. 엄마는 나를 못마땅해 하시고 아빠는 못 본 척하셔. 엄마는 날 사랑하시지만, 이해하시지는 못해. 페터를 포기하고 싶지 않아. 그 애는 너무 다정하고 난 그 애가 너무 좋아. 어제 그 애가 정말로 기분 좋은 칭찬을 해주었어. 그 이야기를 해줄게.

페터는 자주 나를 보고 "스마일!"하고 말해. 그 이유가 궁금해서 어제 왜 나에게 자꾸만 웃으라고 하는 거냐고 물어봤어.

"웃을 때 네 뺨에 보조개가 생기니까. 어떻게 그렇게 하는 거야?"

"날 때부터 원래 있었어. 턱에도 하나 있어. 내가 가진 매력이라고는 이것밖에 없어."

"아니, 아니야! 그렇지 않아."

"사실인 걸, 뭐. 내가 예쁘지 않다는 거 알아. 지금까지도 그랬고 앞으로도 예뻐지지는 않을 거야."

"말도 안 돼. 네가 얼마나 예쁜데."

"아니야."

"내가 예쁘다고 하면 예쁜 거야!"

그래서 나도 페터에게 잘생겼다고 해 줬지.

안네 M. 프랑크

1944년 3월 29일 수요일

사랑스러운 키티,

각료 중의 한 사람인 볼케스타인이 런던에서 네덜란드어 뉴스 시간을 통해 연설했어. 전쟁이 끝나면 전쟁 중에 쓴 일기와 편지를 수집하겠다는 거야. 물론 은신처 사람들은 내 일기를 떠올렸겠지. 내가 은신처에 관한 소설을 출판한다면 얼마나 신이 날지 생각해 봐! 제목만 보면 다들 추리소설인 줄 알 거야.

전쟁이 끝나고 한 10년 정도 지나고 나서, 유태인들이 어떻게 숨어 살았는지 모두들 알게 된다면 정말 놀랄 거야. 여기 생활에 대해 많이 쓰기는 했지만 그래도 네가 우리에 대해 아는 건 정말 조금밖에 안 되거든. 그 동안 일어난 일을 전부 쓰려면 하루 종일 일기장을 붙잡고 있어도 모자랄걸.

네덜란드 사람들도 고생이 많아. 몇 시간이고 줄을 서야 먹을거리를 구할 수 있어. 일주일분의 식량이라고 해봐야 채 이틀도 가지 못해. 도둑질이 흔해져서 아이들까지 창문을 깨고 뭐든 닥치는 대로 훔쳐가. 집에 돌아와 보면 살림이 다 털렸을까 봐 사람들은 외출도 못해. 사람들은 굶주리면서, 연합군의 상륙작전만 애타게 기다리고 있어.

안네가

1944년 3월 31일 금요일

사랑스러운 키티,

이제 사람들이 페터와 나에 대해 더 이상 떠들어대지 않아. 우리 둘은 아주 좋은 친구처럼 지내고 있어. 많은 시간을 함께 보내고 별별 얘기를 다하지. 여기 생활은 훨씬 좋아졌어. 하느님은 나를 버리지 않으셨고 앞으로도 절대로 버리지 않으실 거야.

안네 M. 프랑크

1944년 4월 1일 토요일

나의 사랑스러운 키티,

아직도 모든 게 힘들어. 무슨 뜻인지 알겠어? 그 애가 키스해주길 애타게 바라지만 그럴 기미가 보이질 않아. 나를 그저 친구로만 생각하는 걸까? 그 이상은 되지 못하는 건가? 그 애가 수줍음 때문에 사랑한다고 말하지 못하는 걸까? 그럼, 그 애는 왜 그렇게 내가 옆에 있어주기를 바라는 거지? 아. 왜 그 애는 아무 말도 하지 않는 걸까?

안네 M. 프랑크

1944년 4월 4일 화요일

사랑스런 키티에게

나는 내 작품에 대해 최고의 그리고 가장 예리한 비평가야. 난 잘 된 곳과 그렇지 못한 곳을 알아. 글을 쓰지 않는 사람은 글을 쓴 다는 것이 얼마나 멋진 일인지 알지 못해. 예전엔 그림 그리는데 서툴러서 속상했지만 지금은 내가 글을 쓸 수 있다는 사실이 너무나 행복해. 비록 책이나 신문기사를 쓸 능력은 없지만 난 언제나 글을 쓸 수 있어.

나는 유명해지고 싶어. 나는 엄마나 판 단 아줌마처럼 자기 일을 하다가 잊혀져버리는 모든 여자들 같은 인생을 살아야한다는 것은 상상할 수도 없어. 남편이나 자식 말고도 내가 헌신할 수 있는 대상을 꼭 가질 거야!

난 죽은 후에도 이름을 남기고 싶어. 그래서 나는 자신을 발전시킬 수 있는 가능성과 내면에 있는 것을 표현하는 능력 같은 소질을 주신 하느님께 감사하는 마음이야.

글을 쓰고 있으면 모든 것을 떨쳐버릴 수 있어. 슬픔은 사라지고 용기는 다시 용솟음쳐. 하지만 내가 언젠가 위대한 작품을 쓸 수 있을지 언론인이나 작가가 될 수 있을지는 커다란 의문이야. 물론 그러길 바라고 있어. 왜냐하면 글을 쓸 때 나는 내 생각, 내 이상, 내 환상 등 모든 것들을 되찾을 수 있으니까 그렇게 되길 간절히 바라지.

<캐디의 삶>은 오랫동안 전혀 쓰지 못했어. 머릿속에서는 진행

될 줄거리를 알고 있지만 펜이 잘 움직여지질 않아. 아마도 마무리 짓지 못하고 휴지통에 들어가거나 태워버릴 지도 몰라. 그건 끔찍한 얘기지만 '경험도 미숙한 열네 살짜리가 어떻게 철학을 논할 수 있겠어?'라는 생각을 해보기도 해.

그리고 다시 새로운 용기를 가지고 계속해 보는 거야. 난 성공할 거라고 생각해. 왜냐하면 난 쓰고 싶으니까!

안네가

1944년 4월 5일 수요일

나의 사랑스러운 키티,

과연 학교 공부를 할 필요가 있는지 오랫동안 생각해 봤어. 전쟁이 9월에도 끝나지 않으면 예전 학교로 돌아가지 않을 거야. 같은 나이의 애들보다 2년이나 뒤쳐지기는 정말 싫거든.

페터만 생각하고 꿈을 꾸다가 토요일 밤에 갑자기 엄청 비참한 느낌이 들었어. 정말 끔찍했어.

페터와 같이 있을 때는 간신히 눈물을 참으면서 그 집 식구들과 같이 웃고 즐거운 척했지만, 혼자 남으면 곧바로 울고 싶어지더라. 그래서 잠옷 바람으로 바닥에 앉아 기도를 시작했어. 무릎을 가슴에 끌어안고 머리를 숙이고 울었어. 눈물을 멈출 수가 없었는데 결국 울음이 커지자 내 울음소리에 내가 정신이 번쩍 들었어. 침대모서리에 기대앉아 간신히 마음을 달래다가 10시 반이 되기 조금

전에 다시 침대에 올라가 누웠어.

지금은 언론인이 되고 싶으면 꼭 공부를 열심히 해야 한다는 걸 깨닫고 있어. 정말 그렇게 되고 싶어! 내 이야기 중에 잘 쓴 것도 있고, 또 은신처 생활도 재미있게 묘사된 것 같아. 글재주가 있다는 건 알지만 글을 써서 돈벌이를 할 정도인지는 잘 모르겠어.

내 인생에서 뭔가를 이루어 내고 싶어. 엄마나 판 단 아줌마 같은 삶은 상상할 수도 없어. 남편과 아이들 말고도 내 인생을 바칠 무언가가 필요해! 다른 여자들처럼 헛되이 살고 싶지는 않단 말이야. 남들에게 도움이 되고 즐거움을 주고 싶어. 죽은 후에도 언제까지나 기억됐으면 좋겠어. 그래서 글재주를 주신 하느님께 더욱 감사하지.

안네 M. 프랑크

1944년 4월 11일 화요일

나의 사랑스러운 키티,

어디서부터 이야기를 시작해야 할지 모르겠어! 일요일 저녁 9시 30분경에 페터가 우리 방 문을 두드리면서 창고에 도둑이 들었다고 아빠에게 말했어. 두 사람은 판 단 아저씨와 뒤셀 씨를 데리고 아래층으로 내려갔어. 남은 사람들은 무서움을 참고 침착하게 기다렸어. 10시에 계단을 올라오는 발걸음 소리가 들렸어. 아빠가 판 단 아저씨와 함께 창백하고 긴장된 표정으로 들어와서 말씀하셨어.

"불을 끄고 까치발로 어서 위층으로 올라가. 경찰이 올 것 같아."

두려워하고 있을 시간도 없었어. 불을 끄고 위층으로 올라가서 층계참 문을 잠그고 거길 막아놓은 책장도 닫았어.

아빠가 그러시는데, 도둑들이 창고 문짝을 뜯고 있는 광경을 목격하셨대. 판 단 아저씨가 "경찰이다!"하고 소리쳤더니 도둑들이 달아나는 소리가 들렸대. 몇 분 있다가 벌어진 문틈으로 누군가 손전등을 비추기에 뭔가 나가 봤더니 어떤 남자와 여자가 안을 들여다보고 있더래. 페터와 판 단 아저씨, 뒤셀 씨, 아빠는 위층으로 도망쳐 달려왔고.

그 날 밤은 그걸로 끝이었어. 다음날 아침 11시 15분경에 아래층에서 무슨 소리가 들렸어. 아무도 움직일 수 없었지. 층계를 오르락내리락 하는 발걸음소리와 책장이 덜컹대는 소리가 났어. 우리는 너무 무서워서 몸이 얼어붙는 것 같았고 심장이 마구 뛰었지. 누군가가 책장을 더 움직여 보더니 아래층으로 내려가고 나서는, 아무런 소리도 들리지 않았어.

클레이만 씨에게 전화를 걸어서 도둑이 들었다고 말했어. 아저씨가 미프 아줌마에게 전화를 걸자, 미프 씨가 곧 남편 얀과 같이 왔어. 우리는 반가운 환호성을 지르고 눈물까지 흘리면서 환영했지. 얀은 창고의 벌어진 틈새를 고치러 갔어.

미프 씨는 야경꾼이 틈새가 생긴 걸 보고 경찰에게 보고했다고 했어. 야경꾼과 경찰이 월요일 아침에 건물을 점검하러 왔지만 아무것도 발견하지 못했대. 우리가 들은 발걸음소리가 바로 그거였나 봐.

얀이 돌아와서 밑에서 감자를 공급해주는 판 호펜 씨를 만난 이야기를 해 줬어. 판 호펜 씨가 이렇게 말했대.

"어젯밤에 아내와 함께 이 건물 앞을 지나치다가 보니까 문에 구멍이 났더군요. 손전등으로 안을 들여다봤는데 그때 도둑이 도망친 것 같아요. 경찰을 부르지는 않았죠. 그게 현명한 것 같아서."

얀이 그 사람에게 고맙다는 인사를 한 건 말할 것도 없지. 판 호펜 씨는 우리가 여기 숨어 있다는 걸 이미 알고 있으면서도 문제를 일으키지 않으려고 모른 척한 거야. 정말 좋은 사람이야!

우리는 너무나 겁이 나서 새로운 규칙을 만들었어. 날이 어두워지면 가능한 한 소리를 내지 않고 또 절대로 아래층으로 내려가지도 않는 거야.

여기, 은신처의 생활이 서서히 정상을 되찾고 있는 중이야.

안네 M. 프랑크

1944년 4월 16일 일요일

나의 사랑스러운 키티,

어제 날짜를 기억해 줘. 내 생애에서 아주 중요한 날이었어. 드디어 첫 키스를 했어. 그 이야기를 해 줄게.

어젯밤 8시에 페터와 함께 그 애 방 소파에 앉아 있었어. 곧 그 애가 내 어깨에 팔을 둘렀고, 나도 그 애의 겨드랑이 사이로 팔을 넣어 그 애의 등을 안았어. 전에도 함께 앉곤 했지만 이 정도로 붙어 앉은 적은 없었거든. 가슴이 마구 뛰기 시작했어. 그런데 이게 전부가 아니었어. 나는 그 애의 어깨에 내 머리를 기대고 그 애도 내 머리 위에 자기 머리를 댔어. 그때 내 몸을 흐르던 그 기분을 뭐라고 표현해야 할지. 말로 묘사할 수 없을 정도로 행복했고, 아마 그 애도 마찬가지였을 거야. 우리는 9시 30분에 일어났어. 페터가 신발을 신을 때 난 그 옆에 서 있었어. 그때 그 애가 나에게 키스했어. 내 머리칼을 지나 내 뺨과 내 귀에까지 말이야. 난 뒤도 보지 않고 뛰어 내려왔어. 오늘 다시 그 애를 보고 싶어.

일요일 아침 11시 직전에.

안네 M. 프랑크

1944년 4월 17일 월요일

사랑스러운 키티,

내 나이 또래의 여자애가 18살도 안 된 남자애와 키스하는 걸 부모님이 허락하실까? 아마도 허락하지 않으실 거야. 언니도 약혼이나 결혼을 전제하지 않고서는 절대로 키스하지 않겠지. 하지만 페터와 나는 그런 문제를 전혀 생각해보지 않았어. 엄마는 아빠를 알기 전에 다른 남자 손도 잡아보지 않으셨을 거야. 페터에게 안겼다는 걸 알면 내 여자친구들이 뭐라고 할까?

애들은 충격을 받겠지만, 난 충격적인 일이라고 생각하지 않아. 우리는 이 세상에서 단절되어 있고, 특히 요즘은 긴장의 연속이야. 서로 사랑하는데 왜 떨어져 있어야 하지? 이렇게 서로 힘들고 어려운 시기에 왜 키스를 하면 안 된다는 거야? 페터는 나에게 상처를 주거나 나를 불행하게 만들 리가 없어. 내 가슴이 시키는 일을 하면 어째서 안 된다는 거지?

안네 M. 프랑크

1944년 4월 18일 화요일

사랑스러운 키티,

어제 페터와 오랫동안 미루어왔던 이야기를 드디어 하게 됐어. 나는 여자애에 관해 아주 은밀한 부분까지 전부 말해줬어. 저녁에 헤어질 때 서로 키스했는데, 이번에는 입 근처였어. 정말 황홀한 기분이었어.

페터에게 '좋아하는 인용구' 노트를 보여줄 생각이야. 그러면 이야깃거리도 더 생기겠지. 매일 서로 끌어안기만 한다면 곧 싫증이 날거야. 그 애도 나와 같은 생각이면 좋겠어.

푸근한 겨울이 지나고 요즘은 아름다운 봄이 한창이지. 덥지도 춥지도 않고 가끔 소나기만 내리거든. 베프 언니가 토요일에 꽃다발 네 개를 가져왔어. 엄마하고 언니, 판 단 아줌마는 수선화 꽃다발을 받았고, 나는 히야신스 꽃다발을 받았어.

안네 M. 프랑크

1944년 4월 25일 화요일

사랑스러운 키티,

심하게 감기에 걸렸다가 언니하고 부모님한테까지 옮기고 말았어. 페터에게는 옮기고 싶지 않은데. 그 애는 그래도 자꾸만 키스를 하자고 우기면서 나를 자신의 엘도라도*라고 불러. 자기 보물이라고 부르는 거나 마찬가지지 뭐. 그게 사람을 부르는 이름이 아니라는 걸 모르나봐. 바보 같아! 그래도 그 애가 너무 사랑스러워.

안네 M. 프랑크

1944년 4월 28일 금요일

사랑스러운 키티,

내가 페터르 스히프에 대한 꿈을 접은 건 아니야. 지금도 내 **뺨**에 닿았던 그 애의 **뺨**과 따뜻한 **팔**이 느껴지는 걸. 페터에게도 비슷한 감정을 한두 번 느꼈지만 그 정도로 강하지는 않았어. 적어도 어젯밤까지는.

우리는 서로 끌어안고 소파에 앉아 있었어. 그 애에게 몸을 기대려는데 갑자기 감정이 복받쳤어. 눈물이 흘러나와 그 애의 셔츠에 떨어졌지. 그 애가 알아챘을까? 설령 그랬더라도 그 애는 전혀 그

엘도라도
남아메리카의 아마존 강변의 상상속의 황금 도시.

118

런 티를 내지 않았어. 그 애도 나와 같은 느낌이었을까? 그 애는 한마디 말도 없었어.

8시 30분에 일어나서 창가로 갔어. 그 애가 다가올 때까지도 난 몸을 떨고 있었어. 나는 그 애의 목을 내 팔로 감고 왼쪽 뺨에 키스했어. 그 애의 다른 뺨에 키스하려다가 그만 내 입술과 그 애의 입술이 만났고 우린 그대로 입을 맞추었어. 우리는 계속해서 포옹을 했어.

페터와 같이 있으면 꿈에서만 느꼈던 감정을 실제로 느끼게 돼. 이제 어떻게 될까? 우리의 나이가 들고 그 애가 나와 결혼하고 싶어한다 해도, 난 그렇게 할 수 없을 거야. 페터는 의지가 약하고 용기도 없고 힘도 없어. 그 애는 아직 어린애여서 행복과 안락한 느낌만 원하거든. 그 애를 원하는 것이 두려우면서도 놓치기는 싫어. 내 머리와 가슴이 부딪치는 이 끝임없는 투쟁이 너무 힘들어.

안네 M. 프랑크

1944년 5월 2일 화요일

사랑스러운 키티,

토요일 밤에 페터에게, 우리 이야기를 아빠한테 말씀드려야 한다고 생각하느냐고 물었더니 그래야 한다고 대답했어. 그 애가 분별력이 있고 생각이 깊다는 걸 보여주는 것 같아 기뻤어. 아래층으로 내려가자마자 아빠와 함께 물을 마시러 가는 길에 계단에서 물었지. "아빠, 페터와 내가 함께 있을 때 보통 옆에 나란히 앉는 거아시죠? 그게 잘못된 거라고 생각하세요?"

아빠가 대답하셨어. "아니, 잘못됐다고는 생각하지 않는다. 하지만 안네야, 우리는 서로 너무 붙어 사니까 늘 조심해야 해."

일요일 아침에 아빠는 나를 불러서 말씀하셨어. "안네야, 네 이야기를 곰곰이 생각해봤는데, 여기서는 별로 바람직하지 않은 것 같다. 난 너희가 그냥 친구인 줄 알았는데. 페터가 널 사랑하니?"

"그건 물론 아니죠." 내가 대답했어.

"음, 너희 둘 다 이해한다만, 조심해야 해. 너무 위층에 자주 올라가거나 그 애를 자극하지 말았으면 한다. 이런 문제에서는 언제나 여자가 일정한 선을 그어야 해. 바깥세상이라면 이야기가 다르겠지. 밖에서는 다른 애들과 만나서 운동이나 여러 가지 다른 놀이를 할 수도 있어. 하지만 여기서는 너희 둘이 항상 같은 공간에 있으니까, 피하고 싶어도 그럴 수가 없잖니? 조심해라, 그리고 페터 일은 너무 심각하게 만들지 말았으면 한다."

"안 그래요, 아빠. 그리고 페터는 점잖고 좋은 애잖아요!"

"그래, 하지만 의지가 약해서 좋거나 나쁜 일에 쉽게 영향을 받을 수 있어. 페터는 좋은 애니까 계속 지금처럼 좋은 애로 머물러 있었으면 한다."

우리는 이야기를 조금 더 나누었고, 아빠가 페터와도 이야기를 해보기로 하셨어.

일요일 오후에 페터가 물었어. "아직 아빠와 이야기 안 했어, 안네?"

"아니, 했어. 아빠는 잘못된 행동도 아니지만 그렇다고 바람직한 행동도 아니라고 하셨어. 여기서는 우리가 너무 가까이 살아서 싸울지도 모른다고도 하셨어."

"싸우지 않기로 약속했잖아? 난 내 약속을 지킬 거야."

그러고 나서 다른 이야기를 좀 하다가 내가 이렇게 말했어. "여기서 나가면 넌 나한테 별 흥미를 느끼지 않을 거야, 그렇지?"

"그건 아니야, 안네. 날 그 정도밖에 안 되는 애로 생각하지 마!"

바로 그때 엄마가 우리를 부르셔서 아래층으로 내려갔어.

아빠와 페터가 이야기를 나누었고, 월요일에 페터가 말했어. "아저씨는 우리 우정이 사랑으로 변할지도 모른다고 생각하셔. 그래서 내가 절제할 수 있다고 말씀드렸지."

아빠는 내가 페터를 보러 너무 자주 위층에 올라가지 않았으면 하시지만, 그래도 난 갈 거야.

안네 M. 프랑크

1944년 5월 3일 수요일

사랑스러운 키티,

보슈가 사라졌어. 지난 목요일 이후로 그림자도 보이지 않아. 아무래도 고양이 천국에 가 있나 봐. 페터가 아주 슬퍼하고 있어.

이제는 하루에 식사를 두 번만 하기로 했어 그래서 아침에는 죽 한 그릇이 전부야. 채소를 구하기가 어려워서 오늘은 썩은 양배추를 삶아 먹었어. 요즘 우리의 주식은 시금치나 양상추에 썩은 감자를 곁들인 거야. 정말 진수성찬 아니겠어!

"도대체 전쟁은 왜 하는 걸까? 왜 사람들은 평화롭게 함께 어울려서 살지 못하는 걸까?" 모두들 이런 질문을 던지지. 물론 정답은 아무도 몰라. 약을 살 돈도 없고 사람들이 굶어 죽는 마당에 왜 매일 전쟁에 그렇게 많은 돈을 허비하는 걸까? 정말 이해할 수 없어.

이 전쟁을 단순히 정치가들의 소행이라고 볼 수만도 없어. 보통 사람들도 잘못이 있으니까! 사람에게는 파괴와 살인의 욕망이 있어. 사람들이 전부 변하지 않는다면 우리는 언제까지나 전쟁 속에서 살게 될 거야. 전쟁은 우리가 정성스럽게 쌓아올린 것을 모조리 파괴할 거고, 그렇게 되면 우린 처음부터 다시 시작해야 하겠지.

안네 M. 프랑크

1944년 5월 5일 금요일

키티,

아빠가 나에게 불만이 있으셔. 일요일에 아빠와 얘기한 이후로 내가 저녁때 위층에 가지 않을 줄 아셨나 봐. 다시는 그런 '애무' 같은 짓은 용납하지 않으실 거래. 그런 말은 참을 수가 없어. 아빠와 그런 이야기를 하는 것도 힘든데, 왜 아빠는 내 기분을 상하게 하시는 걸까? 아빠에게 다시 말해야겠어. 그 동안 난 정말 불행했다고, 엄마나 아빠의 이해 없이 여기서 지내기란 정말 힘들다고 말할 거야. 덕분에 독립적인 인간이 되었지만. 내 행동에 대해 누군가의 허락을 받을 필요는 없다고 생각해. 아빠는 페터를 만나는 걸 아예 금지시키시든가 아니면 나를 믿으시든가 해야 해. 날 좀 그냥 놔두시면 좋겠어.

안네 M. 프랑크

1944년 5월 6일 토요일

사랑스러운 키티,

어젯밤 저녁식사 전에 아빠에게 편지를 써서 저녁을 먹기 전에 슬쩍 아빠 호주머니에 넣어 두었지. 언니가 그러는데, 아빠는 그 편지를 읽고 나서 저녁 내내 울적해 하셨대. 불쌍한 아빠. 그 편지를 읽으면 아빠 기분이 나쁘리라는 걸 왜 몰랐지? 아빠는 너무 예민하셔. 그렇지만 아빠는 편지에 대해 아무 말씀도 없으셔. 언제 말씀을 하실까?

안네 M. 프랑크

1944년 5월 7일 일요일

사랑스러운 키티,

어제 아빠와 오랫동안 이야기를 나누었어. 나도 울고 아빠도 우셨어. 정말 아빠의 기분을 상하게 해드렸나 봐. 내 일생에서 최악의 행동을 저지른 거야. 지금까지 나도 내 나름대로 불행한 적이 많았고 엄마에 대한 이야기도 사실이었어. 엄마가 날 이해해준 적이 단 한 번도 없었으니까. 하지만 그렇게 친절하고 나에게 많은 것을 베풀어주시는 아빠를 비난하다니, 너무 잔인했어. 아빠는 나를 용서한다고 하시면서, 그 편지는 태워버릴 거라고 하셨어. 잘못을 저지른 사람이 마치 당신인 것처럼 너무 잘해주셔서 오히려 더 부끄러워.

이미 저지른 일을 바꿀 수는 없지만 그런 일을 또다시 반복하지 않을 수는 있지. 다시 시작할 거야. 나를 이해해주는 페터가 있으니까 그렇게 힘들지도 않아. 난 혼자가 아니야. 그 애는 나를 사랑하고 나도 그 애를 사랑해. 또 내 책과 글, 일기장이 있어. 아빠를 본보기로 삼아서 더 나은 사람이 될 거야.

안네 M. 프랑크

1944년 5월 13일 토요일

나의 사랑스러운 키티,

어제는 아빠의 생신이자 부모님의 열아홉 번째 결혼기념일이었어. 청소부가 오지 않아서 굳이 조용히 있을 필요가 없었어. 햇빛이 찬란했어. 판 단네 가족은 아빠에게 계란 세 알, 맥주, 요구르트가 들어 있는 선물상자를 주었어. 저녁때 케이크를 먹었는데, 너무 맛있었어.

안네 M. 프랑크

1944년 5월 19일 금요일

사랑스런 키티,

어제는 기분이 엉망이었어. 배도 아프고 갖가지 비참한 생각이 들어 침체되었어(안네에게 이게 웬일이야!). 오늘은 상당히 좋아져서 배는 고프지만 강낭콩은 건드리지도 않는 게 좋겠어.

페터와는 전부 잘 되고 있어. 불쌍한 페터는 나보다 더 애정에 목말라하는 것 같아. 매일 밤 그 애에게 굿나잇 키스를 할 때 그는 얼굴을 붉히면서 한 번 더 해달라고 졸라. 내가 보케의 대용품인가 하는 생각도 들어. 하지만 상관없어. 그는 지금 누군가가 자기를 사랑한다는 것을 알고 행복해 하니까.

힘들게 사랑을 쟁취하고 나니 마음이 좀 편해졌지만 그렇다고 내 사랑이 식은 건 아냐. 그는 아직 내 사랑이야. 하지만 나는 곧 그에게 내 마음을 잠가버렸어. 그가 내 마음의 자물쇠를 열려면 전보다 훨씬 더 많은 노력을 해야 할 거야!

안네가

1944년 5월 22일 월요일

사랑스러운 키티,

아직 상륙작전이 시작되지 않았어. 다들 낮이나 밤이나 상륙작전에 대해 내기를 걸고 논쟁을 벌이고, 또 희망을 걸고 있어.

초조한 심정은 이루 다 말할 수 없어.

영국군은 자기 나라와 국민을 위해 싸우겠지만 아무도 그런 식으로 생각하지는 않아. 네덜란드 사람들은 가급적 빨리 영국군이 자기들을 구해주기를 바라고 있어. 언젠가는 상륙작전이 이루어지고 우리한테도 평화가 찾아오겠지. 하지만 그 시기는 네덜란드가 아니라 영국이 선택하는 거야.

유태인을 대하는 사람들의 태도가 많이 바뀌어서 이제 우리를 많이 미워한다는 소식을 듣고 슬퍼졌어.

기독교인들은 유태인들더러 자신들을 도와준 사람들을 배신하고 독일에 일러바친다고 비난해. 사실일 수도 있겠지만 그런 유태인들도 이해해줘야 해. 기독교인들이 우리 처지라면 그들이라고 다르게 행동했을까? 유태인이건 기독교인이건 독일군의 고문을 받으면서 그 누가 입을 다물고 있을 수 있겠어? 그러지 못할 거라는 걸 알면서 왜 유태인들만 참아내야 한다고 생각하는 거지?

우리 같은 독일계 유태인들은 전쟁이 끝나면 독일로 돌아가야 한다고 들었어. 폴란드 수용소에 보내진 독일계 유태인들은 네덜란드로 돌아올 수 없다는 거야. 성실하고 정직한 네덜란드 사람들이 어떻게 우리에게 이럴 수 있는지 이해할 수 없어.

반유대주의가 사라지기만을 바라고 있어.

나는 네덜란드를 사랑해. 내 나라를 잃었기 때문에 네덜란드가 내 나라가 되었으면 좋겠다고 생각했어. 그 생각은 지금도 변함이 없거든.

안네 M. 프랑크

1944년 5월 25일 목요일

사랑스러운 키티,

우리에게 감자를 가져다주던 판 호펜 씨가 오늘 아침에 체포됐어. 자기 집에 유태인 두 명을 숨겨주었대. 너무나 가슴 아프게 생각하고 있어. 이 세상에서 옳은 건 하나도 없고, 가장 존경받아야 할 사람들은 전부 수용소로 끌려가고 있어. 나치만이 다음날 어떤 일이 일어날지 알고 있는 것 같아.

판 호펜 씨를 잃은 건 큰 타격이야. 베프는 힘이 약해서 큰 감자 포대를 옮길 수도 없고 또 그래서도 안 돼. 식사량을 줄이는 수밖에 없어.

엄마는 이제 아침을 거르고 점심으로 죽과 빵을 먹을 거라고 하셨어. 저녁으로는 감자와 가지고 있는 다른 채소를 먹게 될 거야.

배는 좀 고프겠지만, 그래도 발각되는 것보다는 낫지.

안네 M. 프랑크

1944년 5월 26일 금요일

나의 사랑스러운 키티,

어느 때보다 비참한 심정이야. 숨지 않았다면 사정이 더 좋았을까, 하고 여러 번 자문해 보았어. 죽어버리면 이렇게 비참한 기분이 들지도 않고, 다른 사람들에게 짐이 되지도 않겠지. 하지만 우리는 어느 누구도 그런 식으로 생각하지는 않아. 우리는 아직도 삶을 사랑하고, 곧 어떤 좋은 일이 일어나기를 희망하고 있어. 아무리 비참하더라도 그래야한다면 그 끝이 와야 하겠지.

안네 M. 프랑크

1944년 6월 6일 화요일

나의 사랑스러운 키티,

"오늘이 공격개시일입니다." 정오에 영국 BBC 방송이 선언했어. 드디어 상륙작전이 시작된 거야!

1944년, 올해가 우리를 승리로 데려다 줄까? 아직은 모르지만 희망은 있어. 그 뉴스로 용기를 얻었어. 앞으로 닥쳐 올 두려움과 어려움을 헤쳐 나가려면 무엇보다 용기가 필요해.

상륙작전 소식을 들으면서 제일 좋았던 것은 우리 편이 열심히 우리 쪽으로 오고 있다는 느낌이야. 그렇게 오랫동안 우리를 위협해온 독일군에게서 곧 자유를 얻게 될 거야.

언니는 9월이나 10월쯤이면 학교에 돌아갈 수 있을 거라고 말했어.

안네 M. 프랑크

1944년 6월 9일 금요일

사랑스러운 키티,

상륙작전의 흥분이 다소 가라앉았어. 우리는 전쟁이 금년 말에 끝나리라고 희망하고 있어. 이제 그때가 된 거야!

판 단 아줌마 때문에 아주 미치겠어. 아주머니는 하루 종일 덥다고 불평만 해. 아주머니를 차가운 물이 가득한 양동이에 담아서 다락에 놓아둘 수만 있다면 정말 좋겠어!

안네 M.프랑크

1944년 6월 13일 화요일

사랑스러운 키티,

다시 내 생일을 맞이 했어. 이제 난 열다섯 살이야. 선물을 몇 점 받았는데, 페터는 아름다운 모란꽃다발을 주었어.

여전히 상륙작전이 순조롭게 진행 중이야.

여기 은신처에서는 네덜란드 사람들의 생각을 알 수 없어.

어떤 사람들은 전쟁이 끝난 다음에 영국에 점령당하는 건 바라지 않는대. 좀 부당한 생각이야. 만약 영국군이 독일군과 평화협정이라도 맺었다면 어떻게 되었겠어? 네덜란드와 이웃 나라들은 지금쯤 어떻게 되었겠느냐 말이야. 네덜란드는 독일의 속국이 되었을 텐데, 오히려 그게 좋다는 건가?

최근에는 페터에 대해 거의 말하지 않았지. 가끔은 그 애에 대한 그리움을 과장한 게 아니었나 싶지만, 그런 건 아니야. 하루 이틀 정도 그 애 방에 못 간다 해도 내가 페터를 그리워하는 마음이 없어진 건 아니니까.

그 애는 친절하고 착하지만 여러 가지로 실망스럽기도 해. 신앙을 무시하고 먹는 이야기만 하는 건 영 질색이거든. 그래도 우리는 절대로 싸우지 않을 거야. 그 애는 평화를 사랑하고 또 낙천적이야. 또 자기 엄마가 말하면 절대로 듣지 않았을 이야기도 내가 하면 그냥 받아들여 주지.

너무 오랫동안 바깥에 나가질 않아서 자연에 관심이 많아진 걸까? 자연 따위에는 아무 관심도 없었던 때가 기억 나. 여기 온 후로 많은 것이 변했어. 하늘과 구름, 달, 별을 보면 정말 마음이 편안해지고 희망을 갖게 되지. 자연은 신경안정제보다 훨씬 좋은 약이야. 자연은 나를 겸손하게 만들고 동시에 어떤 것에라도 맞설 용기를 주지.

나에게는 먼지가 켜켜이 앉은 창문에 달린 더러운 커튼 사이로 보이는 자연이 전부라서 유감이지만 말이야.

안네 M. 프랑크

1944년 6월 16일 금요일

사랑스러운 키티,

은신처에 새로운 문제가 생겼어. 판 단 아줌마 때문에 미칠 것 같아. 판 단 아줌마는 총살 당할까 봐, 감옥에 가게 될까 봐, 교수형 당할까 봐, 매사에 전전긍긍이야. 또 아들 페터가 자기 아닌 나한테 속내를 털어놓는 것도 질투를 하거든. 남편에게는 담배 사는 데다 돈을 다 허비한다고 비난해. 아주머니는 다투거나 울거나 신세 한탄을 하거나 셋 중 하나야. 아주머니는 의지력이 약하고, 그래서 아무도 아주머니를 진지하게 대하지 않아.

그뿐이 아니야. 페터는 모두에게 예의없이 굴고, 판 단 아저씨는 신경질만 내고, 우리 엄마는 자기 생각만 하시지.

이럴 때는 뭐든 웃어넘기고 남의 일에는 신경을 안 쓰는 게 최고라는 걸 깨달았어.

안네 M. 프랑크

1944년 6월 27일 화요일

나의 사랑스러운 키티,

전황은 잘 돌아가고 있어. 독일 장군 다섯 명이 셸부르 인근에서 사살되었고 두 명은 포로로 잡혔어. 영국군은 상륙작전 개시 3주 만에 항구를 접수했어. 엄청난 전과야!

안네 M. 프랑크

1944년 6월 30일 금요일

사랑스러운 키티,

여기는 모든 것이 괜찮아. 우리 기분도 좋아지고 있어.

뒤셀 씨가 내 앞니 하나에 뿌리치료를 해주었는데, 너무 아팠어. 내가 어찌나 아파하는지 아저씨는 내가 기절하는 줄 알았대. 사실 그럴 뻔했어.

1944년 7월 6일 목요일

사랑스러운 키티,

페터는 나중에 범죄자나 도박꾼이 되겠다고 하는데, 정말 무서운 이야기야. 농담이겠지만, 자신의 약점을 두려워하는 것 같다는 인상을 받았어. 언니와 페터는 내 용기와 근성에 감탄한다고 해. 다른 사람들에게 휘둘리지 않고 버티는 게 정말로 감탄할 만한 일일까?

솔직히 말해서 스스로 나약하다는 걸 인정하면서 고칠 생각은 안 하고 계속 그런 식으로 살아가는 사람은 도무지 이해할 수 없어. 자기 자신에 대해 맘에 들지 않는 부분이 있으면 왜 노력해서 바꾸지 않는 거지? 물론 아무 일도 하지 않는 게 더 쉽긴 하겠지만 말이야.

어떻게 해야 페터에게 자신감을 심어주고 그 애가 더 좋은 쪽으로 바뀌게 할 수 있을지 많이 생각해봤어. 그 애는 나한테 기대려고 하지만 난 그런 관계를 바라지 않아. 언제까지나 그 애를 지탱해줄 수는 없는 일이니까. 그 애는 모든 것이 편하기만 바라는데, 그럴 수 없다는 걸 어떤 식으로 말해줘야 할지 모르겠어.

우리는 모두 살아 있긴 해도, 왜 사는지, 무엇을 위해 사는지 몰라. 누구나 행복을 추구하지. 언니와 페터, 나는 좋은 환경에서 자랐고, 성공할 가능성도 많아. 행복을 추구할 많은 이유가 있지만, 행복은 그냥 생기는 것이 아니라 노력해서 얻어야 하는 거야. 그건 착하게 살고 부지런히 일해야 한다는 뜻이지. 도박이나 하며 게으르게 지내서는 절대 안 돼. 게으름은 한순간 매력적으로 보일 수도 있지만, 진정한 만족은 노동을 통해서만 얻을 수 있다고 생각하거든.

난 일하기 싫어하는 사람은 이해할 수 없어. 꼭 페터가 그렇다는 건 아니야. 그 애는 목표가 없고, 자신이 너무 어리석고 부족해서 어떤 일도 이룰 수 없다고 생각해. 신앙심도 없어서 주님의 이름을 헛되게 하지. 나도 엄격하게 신앙생활을 하는 건 아니지만, 그 애가 그렇게 외롭고 비참해하는 걸 보면 마음이 아파.

모두가 하느님을 믿을 수 있는 건 아니니까, 신앙이 있는 사람은 자신의 신앙에 감사해야 해. 누구나 천국과 지옥을 쉽게 받아들이는 건 아니야. 어쨌든 신앙은 사람들을 올바른 길로 인도하지. 하느님에 대한 두려움 때문에 사람들이 올바른 행동을 하는 건 아니야. 자신의 명예와 자신의 양심을 따르는 거지. 사람들이 매일 자신들이 하는 옳은 일과 그른 일에 대해 좀더 생각한다면 더 나은 사람이 될 수 있을 텐데 말이야.

안네 M. 프랑크

1944년 7월 15일 토요일

사랑스러운 키티,

최근 페터와 나 자신에 대해 많이 생각하고 있어. 그 애를 쫓아다녀서 난 그 애 마음까지 얻어냈지만, 그 애는 내 마음을 얻지 못했어. 나는 그 애의 이미지를 만들어냈어. 조용하고 다정하고 감수성이 예민하고 사랑을 필요로 하는 소년의 이미지를 말이지! 살아 있는 누군가에게 내 가슴에 품은 생각을 말하고 싶었어. 페터를 그 상대로 선택하고 천천히, 그러나 분명하게 내게로 끌어들였어. 마침내 그의 관심을 얻은 다음에는 친밀한 관계로 발전되도록 했지. 그게 지금은 도를 넘어선 것 같아. 우리는 가장 은밀한 내용까지도 이야기했지만, 내 가슴 가장 깊숙한 곳에 있는 생각들은 이야기하지 못했어. 아직도 그 애를 완전히 이해할 수 없어. 그 애의 피상적인 성격 탓일까, 아니면 수줍어하는 성격 탓일까?

그저 친구로만 지낼 수도 있었지만, 나는 친밀한 관계를 이용해서 그 애에게 다가갔어. 그 애는 사랑받기를 원했고, 날마다 점점 더 나를 좋아하게 됐다는 걸 알 수 있었어. 함께 시간을 보내면서 그 애는 만족해하지만 나는 처음부터 다시 시작하고 싶어. 내가 좋아하는 것들에 대해 한 번도 말한 적이 없어. 페터를 억지로 가까이 끌어들였더니, 이제 그 애가 나에게 매달리고 있어. 어떻게 해야 그 애를 뿌리치고, 그 애가 혼자 힘으로 다시 서게 만들 수 있을지 모르겠어. 그 애는 나와 정말로 통하는 친구가 될 수 없다는 사실을 깨달았지.

"가슴 깊은 곳에서는 노인들보다 젊은이들이 더 고독하다." 무슨 책에선가 이 구절을 읽고 난 다음, 가슴에 깊이 박혔어. 사실이야. 나이 든 사람들은 매사에 스스로 선택할 수 있고 언제나 자신감이 있어. 특히 요즘 같은 때는 젊은 사람들이 힘들어. 매일 최악의 인간 본성을 목격하고 있잖아. 그리고 사람들은 진실과 정의, 하느님에 대해 회의를 품기 시작했어. 내가 내 이상을 버리지 않을 수 있었다는 사실이 놀라울 따름이야. 지금 일어나는 모든 악한 일에도 불구하고, 사람들의 본성은 선하다고 믿기에 내 이상을 붙잡고 있는 거야.

1944년 7월 21일 금요일

사랑스러운 키티,

드디어 희망을 품을 수 있게 되었어. 상황이 좋아지고 있어. 정말이야! 히틀러를 암살하려는 시도가 있었어. 유태인 공산당원이나 영국 자본주의자가 아니라 독일 장군이었어. 그것도 백작인 데다가 젊은 사람이었대. 히틀러는 운 좋게도 약간의 화상과 찰과상만 입었고, 주변의 장교 몇 명이 죽거나 부상당했어. 암살을 주모한 사람들은 총살을 당했어.

이건 독일 장교들도 이제 전쟁에 신물이 나서 평화를 원하고 있다는 최고의 증거가 아니겠어? 그네들은 히틀러를 제거하고 연합군과 평화협정을 맺고 싶은 거야. 그러고 나서 군대를 재정비하고 몇 년 후에는 다시 전쟁을 벌일지도 모르지만 말이야.

히틀러는 앞으로 게슈타포가 군대를 책임진다고 충성스러운 자기 국민들에게 선언했어. 만약 암살 음모를 꾸미는 장교가 발견된다면, 일개 사병이라도 그 장교를 현장에서 사살할 수 있다고 했어. 정말 바보 같은 발상 아니야? 만약 어떤 병사가 오래 행군해서 발이 아파 죽겠는데, 상관이 자기한테 고함을 치면 총을 들이대고 이러면 되잖아. "너는 총통의 목숨을 노렸으니 이 총을 받아라!" 그리고 총을 쏘는 거야. 결국 장교들은 너무 무서워서 아무 명령도 내리지 못할 거야.

내가 무슨 말을 하는 건지 알겠어? 너무 흥분해서 이런저런 이야기를 두서없이 할 수밖에 없구나. 10월이면 학교에 돌아간다는 생각에 너무 기뻐서 생각을 논리적으로 할 수 없어. 용서해 줘, 키티.

안네 M.프랑크

1944년 8월 1일 화요일

사랑스러운 키티,

내 자신이 두 개로 쪼개진 것 같아. 한 쪽은 인생에 대한 유쾌함과 기쁨이야. 남자애와 장난치거나 키스하는 것쯤은 우습게 보는 그런 측면이지. 사람들이 자주 보게 되는 건 나의 이런 측면이지. 나의 다른 측면, 더 좋은 측면은 이보다 훨씬 더 순수하고 깊이가 있고 훌륭해. 아무도 안네의 더 좋은 측면을 모르기 때문에 나를 못 참아 내는 거야. 내가 반나절 동안 즐거운 광대 노릇을 하면, 사람들은 한 달 내내 나를 지겨워해. 가볍고 피상적인 측면이 늘 깊이 있는 측면보다 눈에 잘 띄지. 나는 그 이유를 알아. 나한테 다른 측면이 있다는 걸 사람들이 알아챌까 봐 늘 두려운 거야. 더 좋고 더 훌륭한 구석이 있다는 것을 말이야. 그러면서도 또 한편으로는 사람들이 나를 놀리고 우습게 여기고 가볍게 볼까 봐 두렵기도 해.

근사한 안네는 절대로 사람들에게 모습을 드러내지 않아. 그래서 남자애나 쫓아다니는 바람난 아가씨에 시건방지고 연애소설이나 읽는 애라는 평을 듣는 거지. 무사태평한 안네는 웃으면서 아무것도 신경 쓰지 않는 척해. 하지만 조용한 안네는 정반대로 행동하지. 사람들이 나에 대해 어떻게 생각하는지, 몹시 신경을 쓰고 있다는 걸 스스로 인정하지 않으면 안 되거든. 자신을 변화시키려고 많이 노력하지만 늘 피상적인 내가 이겨. 그게 더 힘이 세니까 그런가 봐.

내 안의 목소리가 흐느끼며 말해. "어떤 일이 일어났는지 한 번 봐. 너에 대한 부정적인 의견들과, 비웃는 얼굴들과, 너를 싫어하는 사람들로만 둘러싸여 있잖아. 네가 더 좋은 반쪽의 말을 듣지 않았기 때문이지." 믿어줘. 나도 듣고 싶었지만 소용이 없었다는 걸. 내가 조용하고 진지하면 사람들은 모두 일부러 꾸며서 그러는 거라고 생각해. 그래서 얼른 농담으로 그 상황을 뒤집어야 해. 식구들조차 내가 조용히 하면, 아파서 그런가 보다 생각하거나 아니면 성질을 부리고 있다고 비난해. 그러면 화가 나고 슬퍼져서 속이 뒤집어져. 결국 나는 좋은 면은 안으로 숨기고 나쁜 면만 밖으로 내비치게 되는 거야. 내가 되고자 하는 사람이 되고 싶고 내 잠재력을 보일 방법을 찾으려고 노력해. 하지만 이 세상에 아무도 없고 나 혼자만 있어야 그렇게 될 수 있겠지.

안네 M. 프랑크

안네의 일기는 여기에서 끝난다.

후 기

1944년 8월 4일 아침 10시에서 10시 30분 사이에 프린센흐라흐트 263번지에 차가 한 대 멈춰 섰다. 무장을 하고 정복을 입은 나치 친위대 장교 한 명과 적어도 세 명의 네덜란드인 보안경찰이 건물 안으로 들어섰다. 누군가의 밀고가 있었던 것으로 추정된다.

비밀 별채에 숨어 있던 8명 전원을 비롯하여 클레이만 씨와 퀴흘레르 씨가 체포되었고, 별채에서 발견된 현금과 귀중품은 모조리 압수당했다.

은신처에서 체포된 8명은 암스테르담 감옥에 투옥되었다가 유태인 통과수용소인 베스테르보르크로 이송되었다. 이들은 1944년 9월 3일 베스테르보르크발 마지막 열차편으로 폴란드의 아우슈비츠 수용소로 보내졌고 그 후 폴란드와 독일의 여러 수용소로 흩어졌다.

가족 중에서 유일하게 살아남은 사람은 안네의 아버지였다. 마르호트와 안네 자매는 1945년 3월 초에 독일 소재 베르겐-벨젠 수용소에서 유행성티푸스로 사망했다. 이 수용소는 안네가 죽은 지 불과 한 달 후인 1945년 4월 12일에 영국군에 의해 해방되었다.

Book List 반석출판사 도서목록

TOEFL

iBT 토플 초급자를 위한
TOEFL START Writing
Jack Betts, Naomi Kim 공저 / 4×6배판 / 332쪽 /
15,000원 (mp3 파일 무료 제공)
본서는 iBT 토플 Writing 섹션의 출제경향을 철저히
분석하고 고득점을 얻을 수 있는 최적의 전략과 학습
방법을 제시하고 있다. 다양한 출제 예상문제와 대화
상황, 강의 주제를 다루고 있으며, 시험을 단계적으로
공략할 수 있도록 난이도를 조정하였다. 자신의 생각
을 명확하게 표현할 수 있도록 문제의 이해와 답변
제시 등의 과정을 실제 시험 상황과 동일하게 훈련할
수 있도록 체계적으로 구성하였고, 권말에는 Actual
Test를 수록하여 최종 점검이 가능하도록 하였다.

iBT 토플 초급자를 위한
TOEFL START Listening
Rebecca Hardy, Naomi Kim 저 / 4×6배판 / 368쪽 /
19,000원 (mp3 파일 무료 제공)
iBT 토플 Listening 출제경향을 분석하고 고득점을
얻을 수 있는 최적의 전략과 학습 방법을 제시하고
있다. 실질적인 청취력 향상을 위하여 Dictation 훈련
에 중점을 두고 있다. 긴 지문 중 군데군데에 밑줄로
듣기 능력을 테스트해 나아가 보면 점점 자신감이 높
아지는 걸 느낄 수 있다.
다양한 출제 예상문제와 대화 상황, 강의 주제를 다루
고 있으며, 시험을 단계적으로 공략할 수 있도록 난이
도를 조정하였다. 지문들의 상황은 거의 대학 캠퍼스
에서 일어날 수 있는 강의, 학생간의 대화, 교수님과
의 상담 등으로 엮었다. 권말에는 Actual Test를 수
록하여 최종 점검이 가능하도록 하였다.

iBT 토플 초급자를 위한
TOEFL START Speaking
Rebecca Hardy, Naomi Kim 저 / 4×6배판 / 379쪽 /
15,000원 (mp3 파일 무료 제공)
본서는 iBT Speaking 섹션에 대한 길잡이로서의 역
할을 하도록 구성되었다. Speaking 섹션의 출제경향
을 철저히 분석한 후 고득점을 얻을 수 있는 최적의
전략과 학습 방법을 제시하고 있다. 다양한 출제 예상
문제와 대화 상황, 강의 주제를 다루고 있으며, 문제
의 이해와 답변 제시 등의 과정을 실제 시험 상황과
동일하게 훈련할 수 있도록 체계적으로 구성되었다.
4주 또는 6주간의 계획에 맞춰 학습하도록 하였고 권
말에는 Actual Test를 수록하여 최종 점검이 가능하
도록 하였다.

iBT 토플 초급자를 위한
TOEFL START Vocabulary 1, 2
Steven Oh 저 / 4×6배판 / 〈1권〉 419쪽 〈2권〉 427쪽
/ 각 권 15,000원 (mp3 파일 무료 제공)
iBT TOEFL의 어휘, 청취, 독해를 한 권으로 마스터
하려는 학습자를 위한 교재. 영역별로 실전에 가장 빈
번히 등장하는 중요 어휘와 5천여 개의 어구를 모두
영영한 사전 방식으로 해설하였고 어휘학습 후 청취
문제를 접함으로써 청취 실력을 향상시킬 수 있다. 한
테마에 어휘와 그에 해당하는 다양한 독해를 수록하
였으며 독해 지문을 청취와 병행하여 청취 실력을 동
시에 올리는 학습효과를 누릴 수 있다. native
speaker에 의해 녹음된 mp3 파일을 반석출판사 홈
페이지의 자료실에서 무료로 다운받을 수 있으며 흥
미로운 테마로 이루어진 지문 내용을 반복 청취하다
보면 몰라보게 향상된 자신의 영어실력을 발견하게
될 것이다.

ALL ABOUT JUNIOR iBT TOEFL Listening 시리즈
L1 Pre-intermediate
Naomi Kim, Alan Hahn / 4×6배판 / 208쪽
(Answer Keys 포함) / 12,000원 (mp3용 CD 포함)
L2 Intermediate
Naomi Kim, Alan Hahn / 4×6배판 / 240쪽
(Answer Keys 포함) / 12,000원 (mp3용 CD 포함)
L3 Advanced
Naomi Kim, Alan Hahn / 4×6배판 / 260쪽
(Answer Keys 포함) / 12,000원 (mp3용 CD 포함)
본 교재는 크게 영어 발음과 영어 리듬 원리를 공부
하는 Part I과 유형별로 토플 문제를 공략하는 Part II
로 구성되어 있다. Part I에서는 혼동하기 쉬운 영어
발음을 구분하고 영어의 리듬에 적응하여 청취력을
향상시키는 훈련을 한다. Part II에서는 리스닝 섹션의
출제경향을 철저히 분석하여 각 문제 유형별로 최적
의 전략과 학습방법을 제시하고 있다. 또한 시험에 실
제로 자주 출제되는 대화 상황과 강의 주제를 중심으
로 지문을 제작하여 실전 시험과의 유사성을 높였으
며, 학습 효과를 극대화 하기위해 난이도가 높은 문제
들을 뒤쪽에 배치하였다.

ALL ABOUT JUNIOR iBT TOEFL Reading 시리즈
R1 Pre-intermediate
Naomi Kim, Alan Hahn / 4×6배판 / 216쪽 /
12,000원
R2 Intermediate
Naomi Kim, Alan Hahn / 4×6배판 / 232쪽 /
12,000원

R3 Advanced

Naomi Kim, Alan Hahn / 4×6배판 / 268쪽 / 12,000원

All About Junior TOEFL 시리즈는 토플을 전반적으로 다루고 섹션마다 모든 문제형식을 훈련시킨다. 최신 출제경향을 반영한 본 시리즈는 학습자들을 토플 학습에 자신감을 갖게 하고 고득점에 필요한 모든 것을 제공한다. Reading, Listening, Speaking, Writing 섹션은 수준별로 각 초급, 중급, 고급이 있다.

TOEFL myself Reading (Advanced Course)

Steven Oh, Michael Nolan, Richard Owell, Kevin Heiser / 국배판 / 376쪽 / 22,000원

iBT 시대를 알리는 최초의 iBT Reading 대비 교재다. Reading 부분만 20회를 엮고 별권으로 해답과 해설을 실었다. 이 책의 특징은 전체가 영문으로만 되어 있다는 것. advanced reader들에게 필독서가 될 것이다.

TOEFL myself Listening (Advanced Course)

Steven Oh, Michael Nolan, Richard Owell, Kevin Heiser / 국배판 / 440쪽

(Answer Keys 포함) / 29,000원 (mp3용 CD 포함)

ETS에서 제시된 규정에 따라 편집되어 실제 시험과 같은 조건에서 자기 실력을 평가할 수 있도록 하였다. 본서는 12회분의 iBT Listening 문제를 제시하고 별권인 해설서에는 정답과 영문 해설이 들어 있다. 약간 높은 수준으로 만들어졌기 때문에 실제 시험에서는 더욱 좋은 결과를 얻을 수 있을 것이다.

SAT & IELTS

시험에 반드시 출제되는
SATWorld's AP [Chemistry]

SATWorld / 신국변형판(150*220미리) / 226쪽 / 18,000원 (mp4용 CD 포함)

최적의 최종 마무리용 써머리 북!
이 책은 시험을 처음 치르는 학생에게는 한 눈에 시험 전체의 내용을 이해할 수 있도록 도와주며, AP시험 직전 학생에게 최종정리를 할 수 있는 Summary Book으로서 활용 가치가 높다.

시험에 반드시 출제되는
SATWorld's AP [Biology]

SATWorld / 신국변형판(150*220미리) / 226쪽 / 18,000원 (mp4용 CD 포함)

최적의 최종 마무리용 써머리 북!
이 책은 시험을 처음 치르는 학생에게는 한 눈에 시험 전체의 내용을 이해할 수 있도록 도와주며, AP시험 직전 학생에게 최종정리를 할 수 있는 Summary Book으로서 활용 가치가 높다.

SAT WORDS 2400

SATWorld / 크라운판변형 / 303쪽 / 12,000원 (mp3용 CD 포함)

이 책은 CollegeBoard의 Official Guide 및 SAT기

출문제(총 35회분)를 분석했기 때문에 Sentence Completion에 출제되는 어휘의 90% 이상을 해결할 수 있다고 확신한다. 비단 SC뿐만 아니라 다른 Reading이나 Writing 섹션의 문제 해결에도 커다란 도움을 줄 것이다.

ALL ABOUT IELTS 실전문제집 1 (Listening)

이수영, Liam Heppleston / 4×6배판 / 232쪽 / 13,000원(mp3 CD 포함)

IELTS의 전반적인 이해를 돕기 위해 IELTS의 시험제도와 각종 정보(영역별 시험시간, 시험평가와 방법 등)와 전반적인 리스닝 섹션의 특징을 설명했다. 그리고 리스닝 실력을 향상시키기 위해 절대적으로 필요한 각종 리스닝 스킬을 예제와 함께 간략하게 살펴볼 수 있도록 했다. 섹션별로 출제되는 문제유형과 관련 팁들은 학생들에게 감초 같은 역할을 할 것이다.

ALL ABOUT IELTS 실전문제집 2 (Speaking)

이수영, Liam Heppleston / 4×6배판 / 240쪽 / 13,000원(mp3용 CD 포함)

본 책은 IELTS 스피킹 10회분의 문제와 해설을 수록한 최종 마무리 테스트용 교재이다. 각 1회분은 파트 1(5~6 Questions), 파트 2(1 Task Card), 파트 3(5~6 Questions)으로 구성되었고, 실제 시험과 비슷한 최신의 출제경향과 문제형태를 반영했다. 특히, 파트별로 실제 시험에 출제되었던 질문을 응용하여 만들었기 때문에 실전감각을 익히는 데 많은 도움이 된다. 영어가 모국어인 사람들에게도 면접관과 1대 1로 진행되는 인터뷰는 수월한 일이 아니다. 더군다나 영어가 비모국어인 수험생들에게는 상당한 노력과 연습이 필요하다. 하지만 사전에 각 파트별 예상 질문과 모범 답변을 충분하게 숙지한다면 자신이 원하는 점수를 효과적으로 획득할 것이다.

ALL ABOUT IELTS 실전문제집 3 (Reading–General module)

이수영, Julie Tolsma / 4×6배판 / 256쪽 / 13,000원

본 책은 IELTS Reading TEST (General Module) 5회분의 문제와 해설을 수록한 최종 마무리 테스트용 교재이다. 각각의 1회분은 42문항(4개 지문)으로 구성되었고, 실제 시험과 비슷한 최신의 출제경향과 문제형태를 반영했다. 특히, 섹션별로 다양한 지문(6주제)과 문제유형(7형태)을 제공하여 실전감각을 익히는 데 많은 도움이 된다.

ALL ABOUT IELTS 실전문제집 4 (Reading–Academic Module)

이수영, Julie Tolsma / 4×6배판 / 252쪽 / 13,000원

본 책은 IELTS Reading TEST (Academic Module) 5회분의 문제와 해설을 수록한 최종 마무리 테스트용 교재이다. 각각의 1회분은 42문항(4개 지문)으로 구성되었고, 실제 시험과 비슷한 최신의 출제경향과 문제형태를 반영했다. 특히, 섹션별로 다양한 지문(6주제)과 문제유형(7형태)을 제공하여 실전감각을 익히는 데 많은 도움이 된다. 해설부분에는 문제에 해당하는 지문부분을 별색으로 처리해 찾기 쉽도록 하

였다. 독자 스스로 실제 고사장과 비슷한 환경을 만들어 문제를 풀어보도록 하자.

ALL ABOUT IELTS 실전문제집 5 (Writing—General Module)

이수영, Liam Heppleston / 4×6배판 / 256쪽 / 13,000원

IELTS Writing TEST (General Module) 15회분의 문제와 해설을 수록한 최종 마무리 테스트용 교재이다. 각각의 1회분은 Task 1 (Letter)과 Task 2(Essay)로 구성되었고, 실제 시험과 비슷한 최신의 출제경향과 문제형태를 반영했다. 특히 Task별로 다양한 문제유형을 제공하여 실전감각을 익히는 데 많은 도움을 준다. Chapter 2에서는 Task 1의 문제 유형을 사과 · 항의 · 요청 · 정보 · 감사편지로 나누어서 설명하고 Task 2의 에세이 작성 문제에서는 논쟁 · 장점과 단점 · 토론 · 제안 · 원인과 해결책으로 분류하고 있다.

ALL ABOUT IELTS 실전문제집 6 (Writing—Academic Module)

이수영, Liam Heppleston / 4×6배판 / 292쪽 / 13,000원

IELTS Writing TEST (Academic Module) 25회분의 문제와 해설을 수록한 최종 마무리 테스트용 교재. 각각의 1회분은 Task 1(Report)과 Task 2(Essay)로 구성되었고, 실제 시험과 비슷한 최신의 출제경향과 문제형태를 반영했다. 특히 Task별로 다양한 문제유형을 제공하여 실전감각을 익히는 데 많은 도움을 준다. 실전 모의고사 전에 나오는 Introduction 부분에서는 Task 1의 문제 유형을 막대그래프 · 파이 차트 · 라인그래프 · 도표 · 복합형으로 나누어서 설명하고 Task 2의 에세이 작성 문제에서는 논쟁 · 장점과 단점 · 토론 · 제안 · 원인과 해결책 · 비교와 대조로 분류하고 있다.

TOEIC

토익급상승 ACTUAL TEST 3 set vol. 2

오해원 저 / 국배변형판 / 268쪽(해설집포함) / 12,000원

뉴토익의 기출 문제를 면밀하게 분석, 토익 실전과 유사한 난이도를 반영한 이 책은 토익 실전 문제 3회분과 LC 스크립트를 제공한다. 전체 문제에 대한 꼼꼼한 해석과 친절한 해설을 수록했기 때문에 혼자서 토익을 공부하는 수험생들에게 많은 도움이 될 것이다. 실제 시험시간인 총 120분(2시간)에 맞게 훈련하는 것이 좋으며, LC 실전문제 3회분 음원은 홈페이지에서 다운로드 받을 수 있다.

토익급상승 ACTUAL TEST 3 set vol. 1

김형주, 박영수 공저 / 국배변형판 / 312쪽(해설집포함) / 12,000원

뉴토익의 기출 문제를 면밀하게 분석, 토익 실전과 유사한 난이도를 반영한 이 책은 토익 실전 문제 3회분과 LC 스크립트를 제공한다. 전체 문제에 대한 꼼꼼한 해석과 친절한 해설을 수록했기 때문에 혼자서 토

익을 공부하는 수험생들에게 많은 도움이 될 것이다. 실제 시험시간인 총 120분(2시간)에 맞게 훈련하는 것이 좋으며, LC 실전문제 3회분 음원도 www.bansok.co.kr에서 다운로드 받을 수 있다.

토익 LC 실전문제 10세트 수록 토익급상승 RC 1000제

오해원, 박명수 외 4명 공저 / 국배변형판 / 500쪽(해석집포함) / 12,000원

토익 RC 파트 5~7를 대비하는 실전문제집으로 토익 860점을 뛰어넘을 수 있도록 한 책이다. 뉴토익의 기출 문제를 면밀하게 분석, 토익 실전과 유사한 난이도를 반영한 이 책은 토익 RC 실전문제 10회분을 제공한다. 전체 문제에 대한 꼼꼼한 해석을 수록했을 뿐만 아니라 자세한 해설(파트 5~6)과 동영상 강의(파트 5)를 제공(www.bansok.co.kr)하기 때문에 혼자서 토익을 공부하는 수험생들에게 많은 도움이 될 것이다.

토익 LC 실전문제 10세트 수록 토익급상승 LC 1000제

임동찬, 유미진 / 국배변형판 / 350쪽(해석집포함) / 9,800원

뉴토익의 기출 문제를 면밀하게 분석, 토익 실전과 유사한 난이도를 반영한 이 책은 토익 L/C 실전 문제 10회분과 스크립트를 제공한다. 전체 문제에 대한 꼼꼼한 해석을 수록했을 뿐만 아니라 저자 직접 음성강의 mp3 파일과 딕테이션이 가능한 주요 구문과 단어 등이 밑줄로 처리된 스크립트(딕테이션 노트)와 정답을 제공(www.bansok.co.kr)하기 때문에 혼자서 토익을 공부하는 수험생들에게 많은 도움이 될 것이다.

게임토익 RC

최진혁 / 크라운판변형 / 296쪽 / 10,800원

'토익은 룰(법칙)이다'의 교재 컨셉에 맞게 토익에서 항상 나오는 일정한 법칙들을 매우 쉽게 설명하고 있다. '이것은 단지 그것이다', '이럴 때 이것만을 답으로 골라라'라는 토익 법칙들!! 게임토익 RC로 토익 파트 5 · 6 그 15분의 기적을 만난다.

토익 급상승 1560제 [Part 5, 6 실전 문제집]

오해원 외 / 국배변형판 / 문제 420쪽, 해설 128쪽 / 12,800원(해설집 별책 포함)

토익 파트 5, 6을 대비하는 실전문제집으로 토익 860점을 뛰어넘을 수 있도록 한 책이다. 2006년 10월부터 2009년 3월까지의 뉴토익 기출 문제를 면밀하게 분석하여, 토익 실전과 유사한 난이도를 반영하였다. 실전문제 30회를 수록하고 있는 이 책은 1560문제와 꼼꼼한 해설을 수록하여, 혼자 토익을 준비하는 수험생들이 쉽게 공부할 수 있도록 하였다.

토익 급상승 900제 [LC 실전 문제집]

조원준 저 / 국배변형판 / 문제 168쪽, 해설 380쪽 / 15,800원(해설집 별책/실전집 CD 포함)

1. 토익 LC 실전 문제 9회분(900문제), 자세한 해설(해석 포함)과 실전 팁을 제공한다.
2. LC 출제 유형과 고사장에서 문제 푸는 방법, 정답 고르는 요령 등을 제시한다.

3. 실전 문제를 무료로 강의한 mp3 파일을 제공
(www.bansok.co.kr)한다.
4. 독자들의 주머니 사정을 고려한 합리적인 가격과
거품을 뺀 교재 구성이 특징이다.

토익 급상승 576제 [Part7 실전문제집]
박영수, 차형석, 박승규 / 국배변형판 / 문제 360쪽, 해설 288쪽 / 16,800원(해설집 별책)
뉴토익 기출 문제를 면밀하게 분석해서, 토익 실전과
유사한 난이도를 반영한 책이다. 토익 파트 7 실전 문
제 12회분에 해당하는 576개의 문제와 해설, 그리고
무료 음성 강의를 제공한다. 파트 7 출제 원리를 명쾌
하게 짚어주며, 저자의 오랜 강의 노하우가 고스란히
녹아 있는 실전팁은 실제 고사장에서의 고득점을 돕
는다.
파트 7에 등장하는 질문 유형(5가지), 선택지 유형(2
가지), 지문 유형(6가지) 등을 살펴보고 이들 유형에
대한 특징과 정답 고르는 요령을 안내한다. 50분 내
에 풀어야 하는 12회 분량의 실전 문제를 수록하였고,
음성 강의를 들으면서 부족한 부분을 스스로 체크할
수 있도록 하였다.

토익채널 60 (RC 비법서)
강성호, 김정훈 / 4×6배변형판 / 517쪽 / 13,900원 (부록/일맹이 어휘집 포함)
본 교재는 900점 이상의 고득점자를 위한 책이 아닌
토익시험에 반드시 출제되는 비법과 정보를 한데 모
아 짧은 시간 안에 RC를 해결할 수 있는 솔루션을
제공해주는 토익초중급자를 대상으로 하는 RC비법서
이다. 획일적인 페이지 배치방식을 지양하고 추가적인
설명이 많은 부분에는 많은 설명을 제공하고, 반대로
간략하게 요점만 정리해야 할 부분에는 필요한 만큼
의 설명을 제공하면서 비합리적인 구성을 피했다. 또
한, 각 섹션의 특징이 모두 다르기 때문에 교재구성과
진행방식을 탄력적으로 조정했다.

토익채널 41 (LC 비법서)
임동찬 / 4×6배변형판 / 280쪽 / 13,000원 (mp3용 CD 포함)
본 교재는 900점 이상의 고득점자를 위한 책이 아닌
토익시험에 반드시 출제되는 비법과 정보를 한데 모
아 짧은 시간 안에 LC를 해결할 수 있는 솔루션을 제
공해주는 토익초중급자를 대상으로 하는 LC비법서이
다. 비법별 구성으로 하루에 비법을 1개씩 공부하여 2
달 안에 마무리할 수 있게 꾸몄다. LC의 모든 내용을
41개의 비법으로 나누어, 비법의 체득이 본 시험장에
서 바로 적용이 가능하다. 〈채널비법제시 – 채널비법
해설 – 기출표현정리 – 채널예제 –채널문제〉로 이어
지는 구성과 딕테이션과 의미구별 해석을 통해 LC 실
력을 탄탄하게 키울 수 있다.

처음부터 다시 시작하는 토익은 내밥 RC 입문편
Pat Jeon / 4×6배변형판 / 432쪽 / 13,800원
본서는 TOEIC Part 5, 6, 7을 위한 입문서로 기획된
책이다. 어휘력과 문법 실력을 동시에 공략할 수 있도
록 하였으며 TOEIC 독해를 위한 전략비법 70, 1~2
초 안에 정답 고르기 공략법 등으로 구성되었다. 강
의용 및 독습자를 위해 강의식 해설이 수록되었고 실

전모의고사 10회분 체험하기 프로그램이 포함되어
있다.

처음부터 다시 시작하는 토익은 내밥 LC 입문편
김형주 / 4×6배판 / 456쪽 / 15,800원 (테이프 포함 : 25,000원)
TOEIC Part 1, 2, 3, 4를 위한 입문서로 기획된 책이
다. 뉴토익의 경향에 맞춰 각 파트별 문제 유형을
data화하여 분석하였고 각각에 대한 대비책을 제시하
여, 수험생들이 실제 시험에 대한 적응력을 높이고 고
득점을 얻을 수 있도록 하였다. 각 파트마다 실전 테
스트가 수록되었으며 미국인과 영국인 네이티브 발음
으로 녹음된 MP3 파일이 제공된다.

TEPS

텝스급상승 이정로의 논리독해
이정로 저 / 국배변형판 / 243쪽(해설집포함) / 15,000원
텝스의 실제적인 문제들을 바탕으로 엄선된 본 교재
의 각종 독해 문제들은 기존의 출제 경향을 정확히
반영하면서도 저자의 강점이자 특징인 〈논리적인 독
해〉 능력을 키울 수 있도록 하였다. 논리적인 독해로
그 논리성만 파악한다면 보다 쉽게 주제문을 찾을 수
있게 되고 근거를 통한 답 찾기로 텝스 독해는 보다
쉽게 해결이 될 것이다.

텝스급상승 이정로의 논리청해
이정로 저 / 국배변형판 / 304쪽(해설집포함) / 15,000원
텝스의 실제적인 문제들을 바탕으로 엄선된 본 교재
의 각종 청해 문제들은 기존의 출제 경향을 정확히
반영하면서도 저자의 강점이자 특징인 〈논리적인 청
해〉 능력을 키울 수 있도록 하였다. 논리적인 청해로
그 논리성만 파악한다면 보다 쉽게 주제문을 찾을 수
있게 되고 근거를 통한 답 찾기로 텝스 청해는 보다
쉽게 해결이 될 것이다.

텝스급상승 이정로의 논리문법
이정로 저 / 국배변형판 / 340쪽(해설집포함) / 15,000원
텝스의 실제적인 문제들을 바탕으로 엄선된 본 교재
의 각종 문법 문제들은 기존의 출제 경향을 정확히
반영하면서도 저자의 강점이자 특징인 〈논리적인 문
법〉 능력을 키울 수 있도록 하였다. 논리적인 문법으
로 그 논리성만 파악한다면 보다 쉽게 주제문을 찾을
수 있게 되고 근거를 통한 답 찾기로 텝스 문법은 보
다 쉽게 해결이 될 것이다.

독해 · 어휘 · 문법 · 작문

지성인을 위한 영문독해 컬처북 1~9
이원준 저 / 150×220 / 각 권 7,000원(mp3 무료제공)
지성인을 위한 영문독해 컬처북 시리즈에는 TOEFL,
SAT, 텝스, 대학편입시험, 대학원, 국가고시 등에 고
정적으로 인용되는 주옥같은 텍스트들을 인문, 사회,
자연과학 분야별로 엄선, 체계적으로 엮어 놓았다.

名品 영문법 교과서 111
선맹수 / 4×6배변형판 / 522쪽 / 17,000원
외국어 습득은 단순히 문법적인 사항을 머릿속에 집
어넣는 것만으로는 해결되지 않는다. 영어문법을 실

제 상황 속에서 활용하지 못한다면 죽은 문법이기 때문이다. 이 책에 수록된 영문법 블루칩 111개를 통해 영어 문법에 자신감을 갖기를 바라며, 문법 암기만을 위한 단편적인 학습을 지양하고 문법을 활용하는 영문법 교과서로 삼기를 바란다.

중고등학생을 위한 My Self Grammar Basic 1, 2

Thomas Bang 저 / 국배변형판 / [Basic1] 204쪽
[Basic2] 208쪽 / 각 권 10,000원
중학교 교과과정부터 고등학교 전 과정의 모든 영문법
본 책은 기본 중학 영어는 중학교 2학년 영어 교과서를 종합·분석하여 해당 학년 수준의 기본 문형을 모두 다루었으며, 더 나아가 중학 문법의 기본을 전부 수록하였다.

중학생을 위한 My Self Grammar Start 1, 2

Thomas Bang 저 / 국배변형판 / [Start1] 128쪽
[Sart2]128쪽 / 각 권 8,000원
중학교 수준의 영문법은 물론 독해력 향상에 초점
본 책은 기본 중학 영어의 중학교 2학년 영어 교과서를 종합·분석하여 해당 학년 수준의 기본 문형을 모두 다루었으며, 더 나아가 중학 문법의 기본을 전부 수록하였다.

회화 · 일반

한줄 영어회화 Start Vol. 1~5

이원준 / 4×6판 변형 / 각 권 7,000원 (mp3 파일 무료)
영어회화를 정복하기 위해서는 자나 깨나 영어로 생각하고 영어에 미쳐야 합니다. 저자가 경험한 '한줄'로 영어 말하기 5가지 솔루션을 제안합니다.

패턴플레이 100

황인철 / 152×225 / 324쪽 / 12,000원 (mp3 파일 무료)
영작 + 영어회화, 동시공략 프로그램, 필수 영문패턴 100개를 반복 훈련함으로써 영작과 영어회화가 쉬워진다.

야사시이 일본어회화 첫걸음

이원준 / 170×233 / 304쪽 / 12,000원 (mp3 파일 무료)
- 누구나 쉽게 따라할 수 있는 일본어 회화 핵심 표현집
- 상황별 활용도 높은 문장 엄선 수록
- 초보자도 쉽게 접근할 수 있도록 한글로 발음표기
- mp3 파일 무료 제공

중국어회화 완전정복 2205

이원준 / 4×6판 / 353쪽 / 12,000원 (mp3 파일 무료)
- 누구나 쉽게 따라 할 수 있는 중국어 회화 핵심 표현집
- 상황별 활용도 높은 문장 2,205개를 엄선 수록
- 원하는 표현을 바로바로 찾아볼 수 있는 사전식 구성
- 초보자도 쉽게 접근할 수 있도록 한글로 발음 표기
- 중국어 초급회화에서 중급회화까지 마스터

즉석에서 바로바로 활용하는
일본어회화 완전정복 2250

이원준 / 4×6판 / 416쪽 / 12,000원 (mp3 파일 무료)
- 일본어 초보자도 쉽게 접근할 수 있는 기본적인 회화 표현
- 일상생활에서 흔히 접할 수 있는 2250문장 표현 수록
- 장면별 회화를 어느 상황에서든 유용하게 쓸 수 있는 사전식 구성
- 일본어 초보자도 가볍게 접근할 수 있도록 한글로 발음 표기
- 한권으로 일본어 초급회화에서 중급회화까지 마스터
- 즉석에서 바로바로 활용할 수 있는 구성으로 되어 있다.

즉석에서 바로바로 활용하는
영어회화 완전정복 2442

이국호 / 4×6판 / 484쪽 / 12,000원 (mp3 파일 무료)
- 영어 초보자도 쉽게 접근할 수 있는 기본적인 회화 표현
- 장면별 구성으로 어느 상황에서든 유용하게 쓸 수 있는 사전식 구성
- 영어 초보자도 가볍게 접근할 수 있도록 한글로 발음 표기
- 한 권으로 영어 초급회화에서 중급회화까지 마스터
- 즉석에서 바로바로 활용할 수 있는 구성으로 되어 있다.

중급실력 다지기편 영어의 바다에 헤엄쳐라

하광호 / 4×6배변형판 / 272쪽 / 9,800원
미국 대학생들에게 영어를 가르치는 방법을 강의(영어 교수법)하는 한국인 하광호 교수가 국내 영어 학습자들을 위해 지난 40여 년 동안 현장에서 체득한 미국 현지 영문법과 영어 학습방법(호올 랭귀지)등에 대해 명쾌하게 설명하고 있다.

기초실력다지기편 영어의 바다에 빠트려라

하광호 / 4×6배변형판 / 280쪽 / 9,800원
미국사람에게 영어 가르치는 한국사람 미국 뉴욕주립대 영어교육학과 교수 하광호, 한국인 최초로 영어국제 시학회주최 2008 올해의 시로 선정, 영국 옥스퍼드대학교에서 논문을 발표했고, 국제 시학회에서 그의 시가 올 해의 시로 선정되기도 했으며, 〈EMPIRE WHO'S WHO〉라는 권위 있는 교육학자들에게 수여하는 시상식에서 명예훈장을 받기도 했다. 현재 그의 이름은 미국교육학자 명사록을 포함한 미국명사록에 올라있다.

생활 속 영어 바로 알기 영어의 바다를 정복하라

하광호 / 4×6배변형판 / 400쪽 / 15,000원
뉴욕주립대 하광호 교수의 미국 본토영어 특별 강좌!
미국 대학생들에게 영어를 가르치는 방법을 강의(영어 교수법)하는 한국인 하광호 교수가 심혈을 기울여서 쓴 미국 정통 영어학습 교재로 중학생에서 대학생, 일반인에 이르기까지 영어정복의 대장정에 오른 영어 학습자들을 위한 책으로 미국 현지 영어를 명쾌하게 설명하고 있다.